青春比樱花更美

樱花诗赛
获奖诗人作品选

李少君 陈作涛 主编

長江出版傳媒
长江文艺出版社

图书在版编目（CIP）数据

青春比樱花更美 / 李少君，陈作涛主编. -- 武汉 ：
长江文艺出版社，2023. 7
ISBN 978-7-5702-3045-7

Ⅰ. ①青… Ⅱ. ①李… ②陈… Ⅲ. ①诗集－中国－
当代 Ⅳ. ①I227

中国国家版本馆 CIP 数据核字(2023)第 054537 号

青春比樱花更美
QINGCHUNBIYINGHUAGENGMEI

责任编辑：胡　璇　石　忆　　　　责任校对：毛季慧
装帧设计：祁泽娟　　　　　　　　责任印制：邱　莉　王光兴

出版：长江出版传媒 | 长江文艺出版社
地址：武汉市雄楚大街 268 号　　邮编：430070
发行：长江文艺出版社
http://www.cjlap.com
印刷：湖北新华印务有限公司

开本：880 毫米×1230 毫米　1/32　　印张：9.625
版次：2023 年 7 月第 1 版　　2023 年 7 月第 1 次印刷
行数：7660 行

定价：68.00 元

目录

CONTENTS

李阿龙 》

本名李坤，1997 年生于安徽，现工作在北京。

时日与工作·6首

/ 李阿龙

云

——致蓉儿

1

飞机终于平稳了，也再看不清
大地和它拥挤的宽阔图景。
一直被紧紧攥住的心也沥净，
调整律动，适应这轻盈，将轻盈
输到拔出后的身体，终于
眼睛适应了这些更宽阔、神秘的景象：
一块水汽汇聚的白色，表面凹凸不平
如冰洋板块受蓝色板块挤压，抬升起
云砌的冰山，连绵千里；眼前最高的，
像为神殿准备的柱子，闪耀坚硬有如太阳。
没有银线般的云流，在这里，
每一块云都能用来建造，它们
波浪状的外形，是被攥紧后所致，
而易消失的身体有了一颗明亮的核。
可惜飞机上无法打电话
告诉你我眼前惊异的所见，但我知道
你一定会像我想你一样想起我

2

那是我们第一次约会
去爬八大处。不高，很快到了山顶
你身子探出小亭向远处张望：

蓊郁的山林暗涌，翻滚下山，
山腰承接大片纯粹的天光，
不久，这天光覆盖了所有我们参拜过的庙。
滚滚热浪伴着清脆的山气形成雾，
升腾，弥漫开，偶尔一声鸟叫冲过来。

你指向那雾气缭绕着的北京城，
在又圆又无边际的灰黄色雾霾之盖下。
线条冷硬的屋厦里，无数的人和无数的生活
在脑袋里推挤，像未来逼我跳进更深的虚无；
你牵住我的目光，指向山顶移来的云：

如此圆润、丰腴，是和你一样
从水汽丰盛的地方飘来；
它的底部多褶如蜗牛，在松尖和山头
缓慢爬行，似乎永远不会抵达我俩。
而它轻飘空盈，倒吸
我充溢身体的喜悦，我的秘密
它也一定感知，在变暗变坚实后
它短暂遮住太阳，阴影中，我看清
我们的双手握紧，以确定爱情
真实而非想象

3

清晨，八九点光景，我走出
知识产权局旁的一家民宿。
一切都还滞留于一场
短暂、悄无声息的夜雨。

这在广八路，两边到处是饭馆
都还没睡醒，门前一团糊黑；
空气又湿又热，除了空腹的搅动，
你只能看见光斑在湿黑的脊背上跳闪。
而凉风吹过

就清晰了。我发现它们
如此高大、茂盛、坚实。
宽阔的树荫盖住街道，笔直
沁入我，一股新爽、青涩的气味。
你来闻闻

它们脚踩着脚，脑袋中
枝叶连成一片——当你摸下
眼前这棵悬铃木光滑的躯干
另一边，香樟枝叶颤动
我以为是我的嘴唇嚅动，
不，是胃——它要和杨帆吃热干面，
就在武大研究生宿舍楼前的小院里。

多愉悦！绝不是逃避与你的生活

当它从我身体中推远，高过头顶：
灰色是与现实纠缠不断的阴郁；
白色是热爱；
红色的激情，与月季对生，旋转年轮；
绿色，善良的养分，尊重，平等，发现美；
蓝色置于底部，勇气和理智托举——
它们彼此包裹，如我们扣紧的十指
确定爱不是一丝感觉
它复合而凝固，同我们一起迈向远方

桑 树

1

一走进树荫，滚烫的阳光
就从脊背上退去，铺开金黄的麦粒，
拍打平房顶上的小屋、透蓝的天空。
树荫连着树荫、屋影以麦地为界，
麦地上是汪洋的光。而眼前：
爆浆的桑葚砸出地面一块块
紫红色斑痕；一只绿头苍蝇喝足了，
摇摇晃晃，酒驾甜蜜的旋风
闯入一排光秃秃又矮小的坟墓，
又低掠坟墓相对的一堆炉渣灰——
灰色、黄色、棕色的煤球灰，
是火焰燃烧后的颜色，
日后铺在泥泞而乌黑的雨路；
坟墓和炉渣灰夹出的小道通向
茅房，像随手刷出的一道粗黑线，

将苍蝇和恶臭融入树荫，只剩安静；
树干比树荫要黝黑得多，粗壮
不知道有我几个怀抱大，但不高——
我感觉只需要蹭几下腿就可以到
那主枝干的分叉处，再攀爬
没入枝叶里，能看见天空的地方
就该停下了，越往上越接近树冠
顶端的树枝越脆弱，一踩就断，摔下人；
我没有爬，我只想靠着树干睡会儿，
形如伞状的树冠窸窣翻动着树叶，
一片一片，蒸腾阳光：
整棵桑树散发着清凉。

2

除了嗡嗡响的苍蝇戏耍
我身上的汗臭，黏腻腻的皮肤；
除了几只惊慌的蚂蚁，顺着树干的沟壑
闯入头发、脖颈、后背的迷魂阵，
它们团结地，用坚爪薅紧涌泉的软草；
除了那偶然的蓝空，在枝叶闪烁间出现，
引人注目，如凌在高空朝悬崖深处凝望，
内心翻涌出不可言说的喜悦，顿消困意；
除了一阵风，又一阵风，又一阵，
开关着闷热和清凉：
是我急于进入，反复折叠之后
梦境仍充满弹性，横亘在疲倦的意识之地。
不行，那金黄的麦堆已漫上一角树荫，
我要马上睡去，不然没精力干农活。

我硬生生地趴在木椅上，闭上眼，
不去理会黑暗中闪烁的光彩。
风轻轻从腋下吹过，轻盈地托起这里；
一只突响的蝉鸣，敲响一只蝉，另一只
置耳朵于安静
置我浮于梦境和记忆之中：这过了多久……

鸟 鸣

狗的狂吠，撞击得墙壁咚咚咚地闷响，
泄露的水流，小区底部扩大的混杂声：
还有许多，从四面拢来，无法抗拒，
即便你头脑因过度睡眠而昏沉、发胀，
但耳朵却清晰地接受了周围剧烈的变化。
已经是十一点，时间还在继续，
我肚子已经开始饥饿，要求点餐。
我立起身子，四处张望着，
确定没有遗漏下什么，我的确全部听见。
我看向窗外由三座二十几层高楼交错的
空间，几片黄绿色显露春，而整体
继续着昨夜雨下的阴沉，我确定
没有突现的激动要求搜寻这空间中的亲密，
像蚊子扎入你的皮肤，饱吸了透明
如红宝石的肚子，即便是重负。
我看向手机中从世界各处发来的消息，
这声音像地铁迎面而来时的刹车，
阻力和庞大的惯性对抗中，尖锐的呼啸
刺入你，笼罩你——我确定，没有一个

是给我的，是给大家的。
我看向自己的内心，那里已逐渐干枯，
没有稳定的土地，只是一块一块浮在
水面和空气中的泥，这泥上长着几棵
瘦小如鼻息的事物，这动荡芜杂的空间中
弥漫着薄雾，让你无法看清——除非
你下定决心使劲全力从眼睛往内部跋涉，
就如踩着空气爬往十六层楼，因确信妄想
而在某一时刻抵达它身边，
看见它微小发亮；除非，你决定抽身离去，
回到生养你的地方，在无数涌来的事物中，
你必须直面，必须像海绵，像渔网，像可以
捕捉极微小事物的一切事物，让它们重新
捏你，捏成一个全新的眼睛、鼻子、耳朵。
我的确听到往日盛大的鸟鸣，从春到冬，
从每一次清晨醒来，但我的记忆却一片喑哑。
我的确看到阳光穿透叶片浮动着史诗中的海面，
低矮的房子上潜行着空蒙、宽阔、清朗的大气，
从早到晚，从童年到少年，但我的记忆却一片暗淡。
我深深理解到精神的无能，肉身的易朽——
在庞大的命运中，世界机器无止境的运转中，
都被捏造，给你另一种记忆，给你另一副躯体。
我知道我的爱人也一样，我猜想很多人也像我
这样困惑，浮飘在危险、逼仄、自我的小屋，
时刻准备搏斗。当然是猜想，有更幸福的人。
的确，我感受到了幸福，这躯体和耳朵短暂地
泡在故乡，柔暖的空气和水，拉近了
内心断裂的地层，组成新的空间，

在薄雾尚未合拢前，我的确听见了
那鸟永不停息的鸣叫——我的确听见了

倾　听

1
网约车停在车后，等红灯
右侧离窗户有五米的路旁
立着一棵开花的树
粉白的花，从树腰长满
右侧的四根粗枝，招引着
雨后清亮的日光，表面却木然
左侧是棕黑色枝条
充满迷惑性，它指示了
写字楼清冽的楼影
笔直的淡灰色街道——
它们身侧道路沉下
一条泛绿色的河
这使我明白，它的身处

2
一场沙尘暴，两场雨水
空气如此清新，含水汽
迟缓着太阳传来的光——按着它
均匀分布在每个事物的内外
或者它，从虚无中
塑造出万物
那么，我也带有光的属性

3

周日七点半的早晨
车道畅通，很快我离开那棵树
五百米，一公里，三公里
盘旋的公路和密集的楼群
不断填充我们之间

我回想着你的存在：
站在十字路口，楼影抑制
一半身体的生长，周边
低矮的灌木丛，河流离得那么远
岸边也没有茂密的树林
哪里会有蜜蜂和蝴蝶
吮吸你春日溢出的汁液
为你延续微小的欲望？

在十字路口，你美丽的小花朵
会蒙上厚厚的尘土，包括
那些挣脱黑暗的花苞
谁会注意到你？你开得茂盛
以至冲撞出过多的枝条
伸到路边，剐蹭到行人车辆
马上，城市的剪刀会使你平静
安于条例规定的限度

如果无法按照内心的意愿生长
你的茂盛让我无法理解

4

3 月 21 日世界睡眠日，“一路畅通”
汽车广播中的男女主持人这样报道
他们互相逗乐，逗动车内清冷的空气
抖动我和司机沉默的耳朵
他们笑得那么真诚，像是一对极好的
朋友，在播音厅中只有他们俩，却谈论着
整个城市，甚至整个人类的困境

引导听众参与谈论——
司机开车，我在胡想
谁此时真的行动，谁就是闲人
我们都有各自的工作
他们一言一语，男主女副
次序井然，在语言中轮播无数人影
而那逗乐话，滑动在冷漠的心灵表面

人类的困境显得滑稽可笑
他们和我一样，只是工作，工作着

5

上班，班是人在社会上的位置
位置赋予了个人价值，像摆在了
货架上的物品才能成为商品
一个会使剪子的人没有价值
只有站在路边修剪行道树乱纪的枝条
一个会逗乐的人没有价值

只有坐在播音厅中
一个会写诗的人没有价值
城市没有位置留给他

思绪开始脱线，睡意沉下眼皮
我看向窗外试图放远目光
被高大写字楼挡回

6

离八点还有十分钟，快要到班上
今天需要上十个小时的课，那些学生
我脑海中浮现他们疲倦、眼圈深重的脸
是啊，我们需要睡眠，足够的睡眠
醒来的身体轻盈得能够透过阳光
仿佛新生
但时间不属于我们

7

哲人说，时间是理念
客观存在物，天然地存在
每个人的脑袋中
更早的人，从沙砾中感受到
从空气温度和树木枯荣中感受到
从星星转移和月亮圆缺感受到
时间，像个有形的事物，像个木棍
在手中握住——可以测度

人死了，用木棍在死者屋子里画个横

猎回了一只金黄色的老虎
在虎皮上画个横
后人看到横时便想起这些节日

而有人挥起木棍，向他人变魔术
土地生长出稻谷，石头里涌出泉水
事物从混乱中固定
木棍带领我们走出野蛮，走入田地
走入时间筑就的房屋

8

但谈论时间和谈论世界睡眠日一样荒谬
谈论树木的开花和谈论北京房价一样荒谬

谈论春天和谈论明星的私事一样荒谬
谈论写诗和谈论楼房高度一样荒谬

城市给我们楼房，楼房中
我们生活，像露水
粘在叶子上，努力保持平衡
保持冷静以免过热

但土地仍生长着那棵开花的树

9

我的目光在楼间远去，又退回
潮水般反复吞咽坚硬的自我
时间还剩不到五分钟

可我多想停下
这永不停转的身体
那棵树

它从虚无中伸出粗硬的枝条
粉白的花朵
挣脱出黑暗

释放沁人的香气
开拓出春日宽阔的原野
我感觉自己正走在松软的土上

难抑止的喜悦冲出胸口，
像一只布谷鸟的鸣叫，激荡在城市上空

10
但土地仍生长着开花的树木
在时间之外，在意义之外

在洗碗池旁

1
在洗碗池旁，灰白的光
照在身上和混乱的碗碟

灰白的光来自厨房窗外的
壳状天空，这是眼前的三栋楼房

和更远处的某个像三者一样高大坚固的
建筑物，所支撑的天空

天空发灰。打破、丢弃在垃圾桶中的
鸡蛋壳，上面的膜也是干裂、起皱、染上灰
狭小曲折的空间，这灰白色的光
远看如烟雾，进而，它架起了高低的公路

在楼房之间，排出一列低矮平房
脸面抹着暗黄、灰红、蓝色
它顺楼房四周锤凿、堆砌、砍削
最终完成一座灰色的居住地。它穿过了每个窗户

2

在洗碗池中，混乱的碗碟等待
秩序的手清洁。水龙头低下头
在压抑胸口的啸叫，忍着
鸡汤的恶臭、蔑视的霉毛和妖艳的油
而身侧和身后的黑暗抹在窗玻璃
隐现出一个焦虑、疲倦的面容

3

粗壮的水流无法安慰
戴着胶皮手套的手
兰花香的洗洁灵
翻出雪白的花朵
散发混乱的恶臭

只是顺碗碟的形状
擦着，冲着
没有精致的空间
没有高贵的情感或幻想

水流冲过手套，冲下污垢
流出下水道
我拿起干净的碗。为什么，洁白的
瓷，闪动灰光，闪动我，磨损的胡茬

4

水流股股旋入圆洞，逆时针还是
顺时针，那中学时代地理课上
我们关心南北东西，整个地球，临摹太阳的
猫耳朵，它捕鼠的曲线

水流汩汩吸入圆洞，又从圆洞中
吸出什么，一连串饱满的“G”音
却没有鸽群朝我亮起雪白的翅膀
在冬天，在刚刚开始的春

灰色的鸽子和白胸脯的喜鹊会飞满
整个校园。诗人在写诗，我在混乱
我常梦见诗人严峻如雕像的脸
我常梦见夏季的最后一堂诗歌课结束后

如瀑的雨水笼罩着整个世界
激越的水撞击窗户，透过玻璃，清下闷热

5

最后一串水流从鸡肉、菜叶与
圆洞间，极速穿过，发出一阵尖锐的“S”

是什么，正从我的身体剥离，成为
它自己：吸附空气的光尘
冲撞黑暗，乱蓬蓬地生长敏锐的触角
又像变色龙，与事物融为一体

它充满着对自我的
激情，试图与事物融合而扩张
像一个泡沫，融入更多泡沫
飞升，朝向高贵的精神，折射绚丽的自我

很快破裂，坍陷，化为一丝敏锐
飘浮在虚空。唉，它需要一副坚硬的骨骼，
找到同伴和梯子，攀爬，日复一日
走到意义的门槛前

6

它将经过，那位依着墙摊坐凳子上
困觉的地铁检查员，那姑娘，多么年轻

它将经过，那位笔挺行走，背着
垃圾袋的流浪汉，他的面廓，像我的舅舅

它将经过地铁混乱的人声，并继续走着

它将经过，城市的月亮，走过失眠者的梦

它将继续走着

7

碗放回碗笼，锅放回厨柜
铁皮案板上，擦一擦水渍
鸡蛋壳和辣椒渣扫进垃圾桶
关上门

出门是客厅，我兴奋又虚弱，见矮板凳
就坐下。横在房子中间，
分出客厅和卧室的柜子，也分出不同的
生活，让我们过

窗外看不见春天迹象的天空
影响不了，谁也无法影响谁的生活
在十六层的高空，不到三十平的空间
我们努力，保持着自身的平衡

为什么，你还在卫生间中，冲洗螃蟹生活的石头
修剪无用的植物？为什么，水在翻腾，而我流泪

8

水鸣声瞬间充满整个屋子
你走出来，捧着一盆新鲜的绿萝，枝条茂盛，很长

快到六点了，窗外下雨

我到厨房做饭

听乌鸦的方式

1
聪明的乌鸦衔起石子
投进杯中，让

水从石缝间升起
灌进那黑色、饥渴的胸脯

2
一棵大树一个坟
在房和房之间

羊肠小路上
春天是布谷，冬天是麻雀

3
黑点的叫声刮一根
老刺槐的月刮平野上羽毛的叶片

挖天和空气，挖深挖薄，挖成娃娃
破洞的袜子，时间的脚后麦田里一串黑点

4
有时候，是绿色盈亮的庭院中
突然寂静被坚决地打破

像盛满水的搪瓷缸打在地上
透明的水一圈圈湿黑砖和蚁洞

5
多么冒险的旅行
本能指引生存的形式

但无法赋予智慧

6
沉手的弹珠在玻璃上跳动，在曲折
逼仄的楼群间冲撞，迷途或是疯狂

夏日冷峻的光安静下它，让公交车哼哧到达
下一站。它的黑色紧抓住一棵树的形体

7
高德之地上，请忘记空间和方向
钢铁碰撞钢铁之颠簸，请拉紧自身

钢铁与钢铁双奏呼啸，为我们奏响生存之歌
听众坐在黑暗明亮的内部，沉默的喉咙之下
请仔细听着，别坐过了站

8
驶到新发地市场上空，明亮的光
使车厢亲切，陌生人和谐地并肩站立

欣赏斜砌的蓝天、富农门下的水果车、一片
拆迁后的荒野，我们耳中是疾飞的呼啸

9
一只黑色的鸟在黑暗中飞行
黑暗中一只黑色的鸟是什么颜色？

黑色　的　鸟，穿过黑色的眼睛
黑头发，黑牛仔裤，黑客，黑眼圈
寻找一个粗壮的树杈筑巢

10
当我听到它时，它正在两棵国槐树之间
跳跃，阳光下黝黑发亮，像个黑钢珠

你也发现了，它藏在国槐树
茂盛的树冠之中，奇怪，不再大叫，仿佛察觉到
驶来的公交车声中惊飞起，没入密集的高楼间

11
街道在落叶，车胎刮擦路面
好一阵茫然

幻想中，她站在厨房的窗边发癔症
小米粥溢出，熄灭火，从厨台流到身后的影子

伸开翅膀。而你，温暖的抓痒明亮了我的内视野

我们牵手，随电梯沉入地底，走在高德之地

12

她听见他时他正在
听它从黑暗中发出

从压水井生苔的胸膛发出，
从孩童戏弄压水把的哈哈声发出

饥渴的声响

13

它是一种声音
在楼与楼之间扩大

震颤你我
和城市间的那层玻璃

陈陈相因 》

1998 年生于黑龙江，现为复旦大学比较文学与世界文学研究生，诗歌见于《诗林》《诗刊》《星星》《诗歌月刊》《中西诗歌》《青年文学》，收入《中国90后诗选》《中国当代文学选本（第六辑）》，曾获第十二届光华诗歌奖、第三十九届樱花诗歌奖，入选第十届新发现诗歌营、第十四届《星星》大学生诗歌夏令营。

玲娜贝儿，我的苦女神·9首

／ 陈陈相因

玲娜贝儿，我的苦女神

粉嘟嘟的狐狸公主，吾爱！难以置信
我们借住同一座咖啡馆之都，听闻
你的惊喜小镇，铁线莲装饰在幸运居民头顶
爱哭的云块储满糖水，而阴着脸的我从未获得
玲娜贝儿，我攒下纸箱卖钱换来的独株向日葵
每次经过地铁都被湿热人潮掐蔫，无法奖励
与人共用厕所的自己。我在同学录考察你词源
口吃的胖妞蓓尔，跛脚、发如枯草的琳达
你不会像她们，稍有不慎就放弃学业。玲娜贝儿
想起她们，我私下称呼你为我的苦女神

玲娜贝儿，狂风刮坏二月，接着病毒分掉三月
像爱丽丝注定遭遇兔子洞，我想象玩具屋邂逅
慷慨赠我奶茶和棉袜的你。那一天，只属于我的你
在胜利的终点等着我击掌，邀请我拍拍你的尾巴
我并不毛茸茸，但老板口出凶巴巴的森林之王
为了朝见你，我把苦当作叶绿素注射进身体
事情见一点光，便用苦呼吸，吐出大口氧气
可是呀，可是，我并不在跑道上，而在跑步球

短信催租、催债、催续费，不能等……不能等
不能等死！咒语般督促我亡命狂奔不涣散

苦女神，为了等到兑现二十四小时热水
我每天享用五花八门的苦，反哺你的绝佳垂爱
佩剑给你，刺痛归我。海棠果给你，蛀牙归我
蛋糕给你，剩馒头归我。喜剧给你，残酷杂耍归我
情诗给你，生离别归我。知识给你，十载寒窗归我
落满樱花的城堡给你，分担区整天的大扫除归我
不凋的金色萨克斯给你，训练的拇指痛归我
圣诞限定牛角扣风衣给你，缝纫机前工时归我
歌颂的性别给你，姨母切除乳腺的通知单归我
完美的外貌给你，笨重脏臭玩偶服里一线光明归我

苦女神，无数次，我想从迪士尼拐走你
带你乘坐热气球俯瞰我们的城市，小侦探
用你眼里的星空看看，再用放大镜仔细观察
蚂蚁的细节是平凡家人简直神一样不屈
想被你拥抱、一票难求的他们，是饥饿的人
贫穷的人，生病的人，失语的人，哭声里长大的人
你也爱这座大城市，苦女神，我想在它上空拥抱你
同享我们的苦吧！赐给我们哪怕苦的绿色蔬菜
摘下头套出示那汗，拟人的美名，今天我不想给你
安徒生剥去致幻糖衣，透气苦女神疲惫劳碌的病体

（第三十九届樱花诗歌奖　二等奖获奖作品）

给 他

未清雪，化后结冰。脏滑鹅卵或成片的
雪痂，使我与未来的爱人似在疲乏深谷
徐行。灯火星烧于行政楼内，野地打印
我们的身形，晶沫化石遂焊进更深的白
成双足迹踩造的容器灿灿，摆列如柔声
吟哦。怀有砂纸质感的风将他的耳蹭出
新的红形，莽撞的雪屑乱咬我们的鞋尖
羽绒褴褛中他俯身侧耳，照看我喋喋如
走石的话语。

一个太阳嘹亮的午后，天空是不再逞凶
肆虐的碎纸机。亲吻的学生是正碰杯的
冷藏饮料，呵气来自失火的心。焕发的
雪人偶像与棋布的洁白行星钻研幻想的
物理。雪原铺开如倦卧不起的有孕白马
他穿过出售雪山的操场向我走来。他向
我走来，肩膀如晨雾中升起的山门。这
经过爱情辅导的冬季，失散的海鸥也是
相拥的白雪。

白玫瑰

怎么爱得惨败了？片片的累牍
似要诉说些什么。刚在灯下
明明也是牺牲过真意，白过了头的

象牙色的骨朵，如今却化身为
一间安置天真的病房。冷墙围拥
陈旧的枕芯香统治了整座居室

她走不出那脆弱、弥久的绽放之悔
一旦表现，一旦呐喊，就成了
节外生枝的哑女，素衣裸露了创伤

含苞的权杖成了雪的盈余。为了长大
我们把自己削足适履地，佩戴进花瓶
脚尖入水发出了投壶的轻响

椰　树

他常在失群时开屏，垂下几束
流苏袖，端起风来，碧穗疏落
脱臼貌。小立散坠绿，硬篦子
筛流光，软鱼骨舞干，有如
无眠的羽葆花旌或可人毽儿

因已无君王闲坐，瘦金体似的
叶便旋开了奏章。他亲手织就的
浓妆彤云，涓涓月光和碎银般的
落难星子，伴着足下的绰约之水
来回。迁客是不宜梦鸟的。若
山有陵，他则多想一日海誓

绍圣四年，有位逐臣远道而来
岛岸上春睡的毛笔虚步避白浪
惺忪中生了花。远岚掩映翠翘间
珠崖的生死梦中，诗人砸开
博喻力的蟹，天空顷刻长满孔雀

赠　礼

冷雨冰镇群楼，瓜分了玻璃。树枝针管
噙着即将注射草坪的涓滴。长街正
一边循环播放浪涛录音，一边冲凉

伞被加封为冷漠的正义，非正义的我
低头在暴食的乌云下领赏。阴惨的君王
周到，使水从地上长出，似淡雅的荨麻

次等封地，菱格砖画地为牢，交错成闪亮
跳舞机。需我踩中一片积湿的心，它才能
喊出水朵，解开自身的方程。远处

打着铁艺领结的路灯升空，霏霏中
捧出一杯花。车流眨眼经过，发出刺耳的
尖叫。自行车含蓄地转动光秃的磁带

剃着板寸的女贞树旁，榆木引体向上，抻腰
搅动天空的蛋清，松树睁开松塔监视。风
开始刮我，直到衣物紧箍如保鲜膜

衬衫领飘成轻挥的刀刃。乱发吹上侧脸
我变成寒噤的湘妃竹切片，绿色裤脚
甩着青山卖，足面获得穿石的乐趣

我不能停止赤脚蹚水。一生中总有
些许时刻，我们须顺着陡峭的垂涎台阶
向下。刀山，不过是更高的滑梯

旅途读《流言》
——兼献张爱玲百年诞辰

走下灰硬、参差的骨扇。台阶上
行人思绪沉落，敲起摩斯电码般的步音
伶俐身法严丝合缝，断续解散蜿蜒的黛
阵脚有若针脚，寂寂空绒刺踏夜的重裘
卧蚕楼上，数双暗房冲洗着众生相

被棉椅捧在掌心。车厢颤颤巍巍似
一只老妪之手，人人因易碎而自危
着口罩衔白山茶。我靠里，居租界
怀抱旗袍装帧的陈本，透过巴洛克式
站牌般的题目，偷窥天才的闺闱

——唉，还是让她瞧见了我，那眼神
比蔑称还冷，仿佛我也没什么特别
也是俗世里某次见怪不怪的虚荣失效
沙哑的枪管内衰草满员；她靡费词语时
纸篓般的学者（或贴墙跟进闲事的嫖客）

奉承着彼岸的神圣，惺惺仙人样
指点她提笔——“慢着，切莫为凡人着色
切莫福楼拜，切莫用镜子将月牙分两半”
但女子拗性，执业偏要执意，笔画繁缛的
宋体端庄，做了花窗，亦做了车窗

大抵是深情的拯救吧。隧道捻灭眷侣的时刻
青蛇般的电车暗中摸索她被镇压的姐妹
抱裹彼此的书中世内，牵连出水痕般
隐约的傀儡戏：男男女女，杯弓蛇影
晕倒在樱桃猩红的山巅

放风筝在开阔地

高处的视觉逐渐清晰，当我的眼睛
慢慢飞起，触到湛蓝的棚顶。天空伸出手
垂钓我，抛下结实的轮胎绳，像世界
严厉的保姆，要通过一场拔河接我回家

也许鸟类在人类出现之前，选中我们
作为它们陆地的替身，道路穿越
大气层将我确认，把一生的长度
与它的有限和剧痛递到我手中

我余线不多的风筝，使我想起
发明飞机失败的人，他们不懈地争取智力
以图尽早还乡。毫无着落的双腿

受刑般挣扎，像半面旗帜踉踉跄跄

撞色的燕子、老鹰、蜻蜓和金鱼，倒置
穹碧与大陆，将天际一隙变成两栖动物园
我站定的土地坚硬，霎时像铺开的围墙
似乎我们所在的谷底是另一个天空的深处

线，不曾放弃对受难者施法的搜救队
狠狠包缠我手指，我如竹的皮包骨
开始为自己向上攀爬，而向上就是向内
漩涡始终真实，那狂风将我抽筋拔骨
直至塑成对岸新生的、坚不可摧的真鸟

问

撕下日历，时间好一把铡刀
我旋进柳堤的周岁，迷茫不安地蹀躞
足下走出一座拐弯抹角的园林

我已糊涂地度过成年，雪藏的二十二
像陷入湖心穴道的废舟
中央浮光鳞集，我低落得像履冰失败的折戟

在小满，唐突的飞鸟呼吸着绉纱
花楸端出一树祥云，丁香腾起雅紫的篝火
它们庆祝活着，庆祝巢群的香味未被使用

无数的道路捆住了广场，亦绑架了我

是谁把此刻的我们困锁在露珠抑郁的眼里
桥洞啊，水面前永远执手，不断的门

和自己交谈时变的魔术

久等了，热水壶连绵不断的哈欠
液态海德格尔，因畅想理解而聒噪
仍能诗，便觉可贵与安慰，即使
高尚衣角需拉扯得脚踏实地去着尘
被风雪夜送还暖房，目光中一切尚未了然
纯洁仍在窗外拉开使你形秽的挑战
让雪先过去，我们的肩颈已是喷发过的火山
竹笠形广口负担经年的雪粒，不差这一点

如果发际线低潮般告别，退到更后
我们就扭扭捏捏地适应这孤陋，这寒气
其实年纪轻轻，我们见识过许多诸如此类
一去不复返的事，灯下的侧脸宁做
回响时震颤的古董银勺、腹背受敌的宝刀
搜捕完意见，将余生进度条切成几块盲盒
未来的惊喜套组，古怪也无妨
卡通的形象总是多种

于是我这样和你说，长大类似于
在白纸上不停无意识地书写错别字
保不准一错再错地续起雄文，像
502 胶水不小心洒在积木后不整齐的定型
我建议，我们将失败看成生之节目的花絮

扳下一道野蛮的横栏，该糊涂的糊涂
不该糊涂的装糊涂，节目便都做了节日可享

陈翔 »

1994年生，江西南城人，毕业于武汉大学新闻系，曾获第三十二届樱花诗歌奖、第六届光华诗歌奖、第二届草堂年度青年诗人奖。

拿洋娃娃的少女·10首

/ 陈翔

拿洋娃娃的少女

木椅盛放着她的美，似乎
美，也是一种静物。
在暗红色的梦中，她坐下，
直起身，身体像一把伞，
渐次打开；椅背支撑她
柔软的伞骨。根根手指
环绕易碎的洋娃娃，像一束词
环绕少女的心。她把它
抱在胸前，如一桩心事。

倚坐在寂静中，她颀长的上身
缓解了画布；种种色彩落下，
有的在开花，有的在老去。
这里倾斜着一条静止的河流。
从额头到脖颈，容纳光，
仿佛器皿容纳水。少女
侧耳倾听，自身暗涌的战栗；
她圣洁的脸上，有月亮和雪
在无法触及的天空闪烁。

此时，观者似乎变成了画家，
用意念描摹一个不存在的模特；
当目光在画框里移动，画笔般
勾勒出这困境中的少女。她
鸽子般的眼眸，永恒地落往别处，
谁都无法获取她的金发和红晕。
即使镜头再慢，呼吸再轻，
我们也只能占有她美的一半，
那另一半，交给这首诗来完成。

在动物园观赏鸟

十，二十，三十只
这么多鸟，同时拥挤
在玻璃房内一棵假树上

二月的阳光
从铁丝网眼里渗入
血一样黏稠、单薄

我们站在玻璃外
看鸟在假树枝上静立
在被绞住的天空下飞来飞去

在凹陷的内部
山水从四壁包围着它们
像猎犬包围着猎物

当绿衣饲养员打开门
走到这些生命的后面，把
黑色玉米插进灰树枝

如此重复了三次
她肢体的摆动，熟练优美
像做着一套无声广播体操

从一棵树到另一棵，鸟啄食着
这些不可能长在树上的果实
仅仅出于活下去的习惯

它们吃、它们睡、它们飞
日复一日，从一个位置抵达
另一个，精确地度过了一生

隔着玻璃，世界被分成
两块相似的房间
鸟寄居在我们的对面

（自由是危险的。尤其
当我们的食物来自别人
这时，对天空的追逐意味着死）

鸟，看着我们
站在大厅中央，我们
的内部在凹陷……

生命的热情原来毫无必要
我们同样从一根树枝
跃向另一根

和父亲整理我的藏书

奥德赛伊利亚特本雅明博尔赫斯……
父亲坐在这些名字上，不知该怎么办。
书太多了，出租屋的天空已被压弯。
他抽烟；鼻孔喷射出一团团云朵。

室内像一顶高压锅，扣压住我们。
这里的空气，和悲哀的童年没有分别。
那时，我们也这样坐着：静静地，
父亲在云端；我在门外。

松弛在书堆和书堆里的父亲，被我读着：
他的腰痛，额头的犁沟，黑色的痣，
粗大的手，还有指甲缝里的泥。
我读着他，像读着一块田野。

童年的家是一具烟盒，父亲躺着，
抽着自己，抽着我们的命。二十三年了，
我好像从未认清这个男人的面孔。
（二十三岁时，父亲已有了我。）

你拍拍我的肩。于是，我站起身，

像神话的阿特拉斯搬运天空。把那些
方形的内脏，掸去灰，输入一个个
纸箱。如同把死亡，输入一副副棺椁。

你读着我。我在地板上摊开身体，
像一册幼儿园的大字本。你读着
我的房间、鼻炎、微微弯曲的脖颈。
你说：应该 / 不应该；我说：是 / 不是。

父亲，多么遗憾。多年来，
你是盲的，从来看不见那伟大的教诲。
生活是你骄傲的大学（自由是我的）。
我来了，看见了，听见了，却还不能信。

父亲，沉默吧……
尽管我是你的回声。
两代人的沉默，多么美好。
什么都不说，什么都明白。

在国家图书馆

我回到上一次离开的位置
像乐手回到他中止的乐章

在倾斜的光焰里
我的书躺在桌上
仿佛一只敛起翅膀的鸟

这些羽毛般绵密的长短句
被我的手掌翻动着
阳光赋予它们金色的重量

没有风。我的视线
行走在这片深秋麦田里
如一把镰刀辨认它的命运

在午后阳光下
世界是新的是盲的
事物毫无目的地美丽

一种明亮的喜悦震动了我
仅仅因为活着，没有死去

墙上的窗

推开窗，我得以领受：
这一天中最好的阳光。
天空并不吝啬与我分享
它的蓝；乍起的风
吹动帘幕上开放的花朵。

外面多彩的漩涡，经由
这道画出来的轮廓，一一呈现。
我走近它，触摸它奇迹的
颜色，如盲人在摸象中恢复视力，
如火光在深夜的深山中点燃。

我把窗推向想象力的更深处，
墙面豁口，于是开得更大：
更多光线、风和形状
涌入，闪烁在空无的房间里
像一片波光粼粼的湖——

我置身其中又不在其中；
我被淹没，同时被拯救。
阳光下，万物的身体盒子般
打开，容纳芳香、音乐和色彩；
我是一个词，和其他所有词并置。

多边形的窗：一张虚构之网；
流动的曲线，支撑它不破裂。
世界：空气、建筑和光，全被网住了；
我在网的另一面，看这幅凝固的画。
（我何尝不是一条网中之鱼呢？）

这是白昼专为我编织的图景：
光和寂静的迷宫，多么迷人！
它曾令我在幽暗的夜晚歌唱，
教我以为心和心之间没有墙；
但这一切，不过是痴人的想象。

一切，事实上尚未发生。正如

那道裂痕（光照进来的地方）[1]
并不存在；没有窗，我独自承受
四壁的重量和内向的挤压——
四面黑暗的闸门，铡刀般落下：

黑将从石头中榨出鲜血，
黑将从脑袋中取走自由。
外部的黑暗和自身的黑暗相融，
压缩成
四方画布上紧闭的油彩。

在海河边
——给仁浩

春天很慢；顺着喑哑的河道拐弯
水，凝结成死亡的 X 光片，
拷贝着影像。一些紫色圆点
滑向我们，它们有辽阔的双翼，
有红色坚硬的嘴，轻快地来去，
像一小群喷气式飞机（冒着冷烟）。

水面：一幅冰封的世界地图。
地壳在运动，伶仃的大陆
在漂流；这水中的柏林墙，一道道
拆散又重建。墙在风中变幻，
碎的钻石，坠落的星辰，

[1] 引自莱昂纳多·科恩《颂歌》。

被歇脚的水鸟当早餐。

我们说，比鸟更自由——
它们是飞兽而人类是上帝。
但鸟轻轻跃起，就越过了我们
和文明，越过了这地表的一切。
桥，一只更巨大、哀伤的铁鸟[1]，
像卡夫卡的眼睛，将我们凝视。

倒影把建筑物囚在水中，那是
另一重世界：永远无法进入。
若我们是大卫·霍克尼，可以用画笔
完整打捞水下的印象；
若我们是奥尔弗斯，可以凭歌声
从地狱中去而复返……

然而，我们什么也不是。
我们只是这冬日里，两个旅人；
背着手，望着远处的孩子
迅疾地将球抛向天空，在降落以前
跑到河边，变成两个正在打鱼的
青年男子，而后是中年，爬上了岸。

在河流的不同阶段，
我们瞥见了不同形象的自己。
但在静水深处，一个未曾注视到的

[1] 引自托马斯·特朗斯特罗姆《写于1966年解冻》。

地方，事物的本质已悄然变化。
我们攥紧冰块，像攥紧冬天的一角：
这枚剔透的心，容纳了整座海河。

黄玫瑰

玫瑰娇嫩，因而残忍。
我无力伺奉这从天而降的花朵。
这尖锐的天使，淬炼过的光。
我甚至没有花瓶去安放她。

一天天，我冷眼看生的气息
在桌前衰弱。她的容颜
是某种行将失传的语言，
来不及书写，就干燥、枯萎。

她耸立在无常的空气中，
任由时间鞭笞形体。
那空空如也的花枝，
如维纳斯的断臂。

醒 来

下午阳光照进房间
金黄色的光线充盈空气
我躺在一张床上做梦
身在一个金黄色的拥抱里

这一刻世界如此静
像玻璃窗有了隔音效果
把一切喧嚣都阻隔在外面
把这片小天地变成一块飞地

我不知道静还能持续多久
我企图伸手，握紧这时刻
它像一只徐徐振翅的蜜蜂
在巨大吊灯下平静地飞

我想要把它装进玻璃瓶里
为它设下一个光明的陷阱
但在午后光线的急速退潮中
蜂鸣一点点变暗直至消失

邻人的闲言，孩子的哭闹
短促单调的汽车鸣笛，渐次响起
那声音并非来自外面
而是伸手不见五指的内心

街　树

这些树木比我们更富有耐心。
像垂钓者，更懂得如何忍受

生活的无常。譬如，在春天
尚未到来的时刻，一阵狂风

卷起黄色尘土，枝条们几乎
被拽着飞翔，根还紧紧抓住

原地。枯树伸开赤裸的臂膀
朝天祈祷，那些可怕的豁口

亟待填充什么，但无可奈何；
只能像无神论者，搂抱虚空。

如此俟候着，不论春秋更迭，
它们不动声色地挺立，维持

一种立正姿势，像一个思想
在暴风骤雨击打中一如往常。

白云烟囱

白色巨塔似的圆柱体，
支撑着整座城市的天空。
它们赤裸的形状
蕴含力量，能令事物起死回生。

万物的灰烬像鱼儿游过
修长的甬道：一条拉撒路。
随后，一朵朵新鲜的白云，
从雄浑的烟囱口鱼贯而出。

不妨想象，这根烟囱的内部

有一座造白云的工厂。
正像批量生产粮食一样，
批量生产着白云。

一片又一片无尽的云，
柔软地滑过流水线，
被浇铸、吹制和装饰，
形成千百种水晶，袅然升起……

阵阵余烟般的叹息，
升向灰蒙蒙的天幕。
它们终于抵达天堂的入口，
奋身一跃，化为云朵或粉齑。

当我们看见美丽的云朵，
可曾想到：那底下有无尽的尸骨？
困难的美从泥泞处诞生，
它们还将迈入新的重重困境。

程川 》

1993年出生于陕西汉中，现居成都。文字散见于《诗刊》《花城》《青年文学》《人民文学》等。曾获首届陕西青年文学奖、2015《星星》年度大学生诗人奖、第二届《草堂》年度青年诗人奖。

陋室铭·8首

/ 程川

渡

日子渐渐淡了，需要解释的地方越来越少
很多时候只是安静地坐着
枯木一样，不值得思考的东西越来越多，除了年轮
我体内已不再有多余的眩晕

拷　问

凋零，浸没在冬天的景象里
犹如一段弓腰驼背的山坡，顺着清瘦的弧线
渐次滑翔

尔后，我把视线缓慢挪向一株废弃的荒草
在此过程中
尘埃扬起，没有理由
只能是
一阵风，推翻了我的想象力

陋室铭

黑暗搂着我，身体里的波浪
和木制阁楼里的空旷。闷愤时，也常在午夜亮着灯
写诗，并在简陋的词语里
模仿窗外的梧桐，呼啸，乃至嘤嘤哭泣的猫
庆幸尚未成为我所讨厌的模样
而孤单，常使我觉得，幸福就是这个秋季
几只鬼鬼祟祟的老鼠、一群怕光的蟑螂，我是它们唯一的人间

报国寺

戊戌岁寒，沙弥正往香炉外腾扫信仰的灰烬
院内，旅人接过蒲团上的跪姿
此刻，残阳透过窗棂乜斜偷窥
亘古至今的生活，到底哪一口钟磬敲响我们肉身里的痼疾

拾级而上，摩崖树抱佛切割出榕的悟性
榕的画框则被嫁接成佛的渡口
我们弯腰致敬，那被朱笔丹砂誊抄过的古代
类似身不由己的人间，沉默着
一副遗世独立的胸怀。事实如此
我善用矛盾挟持体内的人质，用沉默典当神明的怜悯

在报国寺，一千四百年的呜咽被僧侣熬制成梵音

诗歌，为我虚掩着两扇山门

暮色过柯寨

菜地里，几根木棍支撑起倾斜的光线
黄昏慢慢漏下来
滴在那本合拢的书封上
故事有些斑驳，她写到母亲的失踪，就像这样一个傍晚
星星还没有升起来

那条通往县城的公路随之模糊起来
浮在瓦砾上的余晖
抽空了她细碎的等待
在等身后镂空的回音吗？带着滚烫的哭腔
沙哑，焦急……
像风按住扬起的尘埃，平静
微微荡漾

多少个傍晚，只敢蘸着月光读这一页
凉凉的，“自此，再未相逢过
而这么多座热闹的城市，她究竟流落何方？”
没人给出答案
抬头时，黑，棱角分明
青山守着沉默的轮廓，她有起伏的美
也有黯淡下去的忧伤

宝箴塞记

1

宣统三年，条石、糯浆和椽梁垒砌的古代初见端倪
次年春，木匠取自民国手艺
替兽面锡环漆金。百年后
射击孔的取景框、空巢的弹孔……一种丧失紧绷的秩序感
以便导游提灯，从旧制度的堞垛里
倒影古代的轮廓

2

碉楼外残留匪祸折痕。风霜洗过，苔藓洗过
现在轮到诗人，沿用弹孔的叙述
挖掘历史的配方
譬如围绕天井、甬道、库房、戏楼，交付一些热带情节
再譬如，置身其间却一无所获
就像梦境，怀疑一些事情才能推翻一些事物
据此，我用封闭、森严作饵
却并未有饱胀感使那些虚词浮出水面

在宝箴塞，一首诗的在场证明，除了掩体
脸上还应挂有贵族的悲切

3

黑暗的痣，废弃的避难所……家族事宜提拔为历史
现在，它是博物馆、时间提词器

一杆火铳反对过的部分
屹立在回忆真空地带。而我们的到场
究竟是为百年建筑致敬，还是朝体内的空旷默哀?
聚光灯追认的时代，橱窗里
排列着它英年的怅惘

龙泉桃花记

1

西南上弦月，一群桃花拎着诗人
在成都的骨朵里退朝。纸的前生，也是这般
亲拟懿旨，运筹帷幄，乃至美的时候，三分天下
如同此刻，寻隐者不遇
只剩昨日之诗替我守着：
狼蛛结网，牛蛙鸣笛，雕鸮筑巢
只剩今日之画替我候着：
锈迹斑斑的枝头，她在残蕊里安装炸弹

2

事实之物多由阴影和轮廓构成
盆地尽头处，模拟残缺的自己，然后复制衰败的细节
一如将哺乳期卸于舞台中央的女子
用秒针支配戏曲发音
起先涟漪，尔后惊蛰，高音频率
追影灯般虚晃一枪，“把空叠加到空的身上
便析出留白”
她的腹中虽已加固几次堤坝
但仍有凌汛的潮头

3

统治春光的手艺有着块状的哽咽
块状的隆起，像龙泉的骨、龙泉的血、龙泉的鳞
悬垂于一部晚明戏剧集
傍晚，向风拂来的方向统一低头致谢
而我们这群无用之人
诗抵达时，介于因与果之间
只能借由肉身掩卷，笔锋走投无路之际
随意认领一种思想，供它攻城略地
残垣里默写衰与凋的蓑衣

4

总是向黄昏租赁长风，向晚霞占卜寿辰
春光乍泄时，踮着脚，她能够到虫鸣、乌啼和信仰的苍穹
顺从者得服从落日
美的侧面，万古愁乃修辞启蒙
像某种诱饵，她绯红的愁绪
依次途经我语言的原野、年轮的岩圈，最终
皈依鱼腹的深渊，像某种钓钩
往下坠……

三岔湖诗章

斯湖之大观也，始为防洪排涝，振兴五业，
集百万军民凿洞引流筑坝为湖。

——《三岔湖记》

1

易于蓄水明志，在船舷刻舟求剑
二〇二二年，暮春，诗人十四五六，对于歧途和隐喻
比低矮的事物有着更为萧瑟的弧度
把动词源源不断地注入名词
便得到形容词、摹声词和叹词
词根电站里，沸腾的涡旋复制着湖的站台和码头
而美学范畴，则是旷野发明白鹭
魔术仿造彩虹，左边的鸟鸣
隔着右边，替我隔空捎来一副湖水的耳廓

2

锄头和箩筐拆解的低谷，像我的航行光景
配合某种焦灼，悬垂湖畔
七十年代的撼天动地，现如今
陶渊明式孤岛，养水及物，将生锈地带让渡于湖底
浪花开垦的战场留存后人
而尽头处，你曾窥见过的时间犁痕
在遗忘的飞地收复一些朝代旧址
意指成都生活断章？
更迭中，我即兴的指尖触摸到凉意的鹭鸣
是什么在雕琢雨后深渊

3

送出波浪，迎回湖岸，“起风时
她曾完整地表述自己，并明晰疆域的精髓要义”
更为确切的是，自我抚慰中

逐渐使空有了置身于空的滂沱和澎湃
或许更深的病灶源于焦渴
砌井之人将水一点点上引
借以肯定内心的动荡
作为佐证，她用无用的自我淘洗着虚幻的自我
片面性天空受雇于两棵垂柳的倒影
一行湖水压低了身体里的裂纹

4

淹没低洼才能抬升坦途，这样的说辞
包含孤岛、星辰和合法的谎言
有如某种致幻剂，她含苞待放的美，被风镌刻湖面
锯齿状的鱼鳞则是铁匠铺锻打的文身
一遍一遍割让于诗
漩涡与虫洞，两种殊途同归的诵读方式
穿过篦子，她的手扶住我的颤音
一并带回暮晚的消息：江上的孤寂已无须指路
又何必让落日虚掷余晖

丁鹏 »

1991年生于吉林梅河口。北京大学中文系硕士，中国作家协会会员。《诗刊》编辑，中国诗歌网总编助理。出版随笔集《所谓岁月静好，不过是敢向命运叫板》。

绝版的风景·10首

/ 丁鹏

女娲之肠

从黑暗的逝波里打捞先民的哭声
当上古的洪水依旧在我血管里奔涌
当列祖再次逆流而上，登上心之閟宫
用高禖的藤蔓鞭打阳石，令我战栗

令我从京畿沸腾的人流退回寒室
如演奏笙簧的人耐心地为山河镀金
如一片口吃的雪花执着地同天地对话
我想回泥河湾期看直立行走的猿人

怎样用燧石砸击一枚精美的石叶
怎样狩猎肿骨鹿，采集满怀的浆果
坐火堆旁等星辰披挂，光华充满洞穴
我想邀约斩杀黑龙的女人一起跳月

听她讲天裂后饕餮如何吞噬灵魂
女娲之肠失踪后，我像古人类学家
像被剑齿虎赶出穴洞的古猿一样孤独
我在梦里漂泊，直至貘将梦也叼走

湛　卢

登剑山须赤脚，须卸下匹夫之怒
须随着剑山的根须拧紧剑首的同心圆
绕着敦厚的剑茎感受命运的抓握之力
须吹奏《九韶》安抚剑格的睚眦

须令睚眦高啸，吐出浩然的剑气
须在被廓清的山麓里大声呼唤欧冶子
直至断发文身的铸剑师沿剑脊走向你
见他遒劲如铜，眼中有锡的光焰

见他以身为范，铸一柄诸侯之剑
如今剑就要成了，他要以春秋来试剑
他要以勾践的卑辱来试那剑脊的韧度
要以熊壬的逃亡来试剑从的纯度

要以劈开宗周，来试剑锷的硬度
他不知道，三千年来天下多的是名剑
庶人之剑天子之剑在豪雄的腰间流转
而活着把每一个人都逼退至剑尖

栎阳雨金

消失千年的都城会从铜釜中溢出
如迁都于此的国君看到的祥瑞
龙须垂在宫殿顶端的巨型筒瓦上

金雨沿着巨型瓦当飞溅如瀑

那位失意的卫国人也目睹金雨
新君的求贤令贴满了栎阳城
当交交黄鸟从酸枣树上飞出
扑向一场燃烧了百年的大火

他靠着温暖的壁炉回答少主
通身火红的羽毛冰冻成箭镞
令三丈高的木头从南门扛到北门
令栎阳的金戈铁蹄向东夺回河西

两百年后，当受椓刑的太史令
写道：黥、劓、车裂、灭家
会想到两位帝王和他们的霸业
就像那蒹葭苍苍焚烧着栎阳

铸 鼎

如古公亶父被鬼方赶出豳一般
饥饿的白狄被秦国的战车逐出奢延水
翻越飞狐口、倒马关，北戎度不过的太行山

姬姓人的青铜盖豆垂涎周天子的祭肉
那用提链壶饮酒的人渴望封侯
渴望牵着北犬，南下邢国和卫国狩猎

渴望向万乘之国复仇，将观虎俘虏回委粟山

山形器插入华夏腹地。在灭国之耻中
淬炼铁器，端向乐羊的肉羹中

走向战国。成为共逐之鹿或成为貔虎
那左衽的少年要称王，用攻获的斧钺和城池
铸第九尊鼎，鼎足如戎宣王尸的铁蹄

踏看山河。要做就做仁德的王
于十五连盏灯下穷经，从送往陋巷的
羊汤中走向文明。当胡服的赵人拔除鸱之塞

吾丘鸠举起敌人的战车，跕屣的阴姬
再唱一曲悲歌。饮一壶千日醉
醒来就回到肤施，而秦朝传到了二世

魂归中原

倒穿的草鞋借助亡者的脚步走出麻山
糯米在倒扣的碗中长成一小片中原
砍马，直至被砍倒的马从血泊中站起
直至裹尸布如旗，一路召集祖先的骐骥

沿着东郎唱诵的古歌，古歌所指的东方
沿途有兽骨与蛇蛊从药婆的手中逃脱
有红稗与芭蕉于银制的月亮下成熟
有芦笙与牛角号在遗落的王城里吹响

须击败一头雄狮才能与英雄的亚鲁相认

尝够铩羽与遁迹的幽辱方能汇入他的行伍
如争夺盐井与龙心的兵戈中祖灵的消黯
须击响沾润月信的铜鼓、女人的刀刃

才能从南海走向丹渊，讙头国走向
追随丹朱的三苗之君丹水之浦的决战
为炎帝复仇的铜头蚩尤和他辉煌的败绩
才能进入铜鼓上的家园和它的荣耀与温暖

洞葬与悬棺

神树消失后，有人树葬或将逝者殓入树里
桢楠木始被刳成船棺，船棺始停靠在
布满灯盏石与石膏花的幽深洞穴
洞穴被老熊山背着，泅渡无涯的岁月

圆木棺、方棺、梯形棺、普棺，在桃花村
棺木在洞中分蘖，如先人于洞里生息
历史的沉积，被跳洞的芦笙擦亮
如遭贬的先生在洞中擦亮百代的良知

而一些背着船棺的人把木桩砸进万仞绝壁
使船棺警句般高悬在汹涌的格凸河上
看夜郎王将宇宙铸成奇丽的铜鼓

看五溪蛮椎髻攒动，消失于群山之间
悬崖因此凝峻，看悬棺愈升愈高及至崩坏
及至着蜡缬的苗人翻越悬崖永不归来

青　瓷

鸟鸣绕着指尖，空山是空的杯盏
朱子将青山倒扣，把流云斟满
留出回旋的深度，供阴影在杯底
碰出悠长的回音，震动细腻的胎体

与温润如玉的釉水。如一生布满伤痕
流水纹不断攀升，缝补青绿的釉面
青绿，如霜鬓的刘锜补缀的河山
那时还未到庆元，朱子的门生

坐满吟室。那时一片青瓷能买下
金中都，一阕《满江红》能吓退铁浮图
那时，开往九龙窑的商船挤满了闽江

稼轩将张安国押至虎踞龙盘的建康
朱子正涵泳一首诗用来垂范万世
茶在沸水中浮沉回望它的命运

绝版的风景

崖柏一样，你在城市的悬崖上过活
只是天空之镜不倦地渲染远方的风景
你何时从峭壁上拔出根须，开始冒险
何时扇动青葱的叶片，飞鸟般轻盈

飞鸟一般去游历，去见证万物与空无
飞越冰川与沙漠，追溯生命的起源
你洁净如羽化，如砂纸打磨的木板
等待造物的刀刻。如何烫蜡不朽之爱

像交错的电线按捺住闪电，以遮蔽
尘世的幽暗。如何刻画消失的风景
像逐版递减的版画：一层一层涂抹上
梦想的油彩，一刀一刀毁掉一生所爱

当无法重来的一生已印成绝版的风景
你是否找到归处，用来把回忆晾干
你是否找到答案，即使答案已被推翻
你是否写下落款，白马跑入白马山

塔

塔，一口掘向苍穹的井
引九霄云气灌溉九州厚土
引沉重的地球旋转、飞天
引万物之灵漂泊、超脱

像挖海眼一样挖通天塔
锁龙井一样锁住云谲波诡
锁住比人更人性的白蛇
和比愚更愚痴的无上智慧

要建就建在跳动的心脏上

塔被心跳撞响，像一口钟
被不断地钉入激情的维度

要建就建一座飞翔的塔
像飞蛾扑向太阳的焰火
变成火中最寂静的一朵

今晚的月色真美

风的羽毛闪烁，似月的睫毛闪躲
风筝滑向虚空，似月兔跃入朦胧
而蛙声从青莲中溢出
柳絮吹满你行经之处
岁月弯曲成一团，雪白，而纷乱

而婉转、而饱满，大提琴的音符
——飞机不停地越过昨日的屋顶
我不停地跑向已逝的春天
那万分危险而美丽的夜晚
知道你不会来，不停地晃动酒杯……

付炜 »

1999年9月生于河南省信阳市。十二岁开始写诗，参加第十二届星星诗歌夏令营、第九届《中国诗歌》新发现诗歌营。曾获第37届樱花诗歌奖、第六届东荡子诗歌奖·高校奖、第七届全球华文青年文学奖散文奖、第十一届光华诗歌奖。

旧舸·10首

/ 付炜

在江滩

雾在我们无法捕获之处，与风景
一同安眠，我们不停走着，不停
辜负沉默，和盈满的江水。你看见
晚风中人群匆匆抬起脑袋，彼岸
枯燥的楼宇令我们犯困。我们只是
注意脚底的浪花是否交换了各自的
心事，是否在每一场崭新的告别里
消逝无垠。那答案之书，在翻开时
就已逃遁，所以我们仍然有着一些
属于我们的疑问。其实很快，我们也
离去了，黄昏将我们引向巷弄
老建筑在一旁播放着历史，我踩在
路灯淡黄的念头里，想着江边
坐在椅子上眺望的人，他们和一条河流
一起沉入昏暗了，我惭愧自己
并未成为他们的一部分，我不断
划过漆黑，划过夜晚的无趣
我感到看浪花时的确很快乐
和你一起，蹲着，仿佛要阻止潮水

到达世界的沉疴里

忆旧游

对我们来说，有些疑窦古老而常新
譬如那密林后隐藏着什么东西
那纷攘的行云将要往何处去
暮春深静，极目远望，黄昏下的小城镇
像宇宙的最微小的碎片
充满恩典和神秘，我们竟霎时
有一种不可抵达的忧伤

我们在春光中柔化、渐隐
同时沉默，又同时听到彼此的回声
天空像一片湖，在你眼里闪耀
那令人屏息的晦暗的植物
有种挽歌般的深情，我读着你
读着你走过的歧路与山巅
如同一眼就望穿了灵魂的答案

我钟爱的依旧是美丽的事物
幽暗的火、漂浮的羽毛、旧书躺在
空旷的石头上，为我们一页页
讲述着时间，那时我们有些
可爱的贪婪，所有的事物都离我们
那么近又那么遥远，我们爱着
存在着，像群树的暗影不知疲倦

安　慰

每天下午我凝视她游泳归来
坐在椅子上，看池塘边鸽群旋转
丝绒般的风吹着屋顶，那儿
晾晒着些许绝望的夏日光线
和过去年代的积尘，它们紧挨着
轻声讨论哲学，但时间宛如眼睑
温柔又疲累，在醒来的藤蔓中
告诉我爱的奥秘，似乎从未有过的
沁凉游离在我的体内，是的
那并非水，我目睹有人在岸上溺亡

七月，缓缓走过果园的人
清晰知道自己一生的平庸
而我的不幸，在于将今天过成昨天
从一首诗里提炼词语的甜
当结局隐退，我惊骇自己的青春
竟如极致的盛夏，淹没所有
空旷的忧伤，甚至延伸至
一个画框的边缘，那是属于
保罗·塞尚的寂静，是任何事物都
抵达不了的灵魂深处

我将会踏上危险的远行，围绕
色彩和光影，我将在自我的损耗中
变得难以解释，我挪动一个隐喻

比挪动一个杯子要艰难得多
然而，波德莱尔与我迎面相撞
我的诗倒退回它们的起点
那里无限接近于童年，街心公园
与一头石象对视的一瞬
我知道自己必将走入语言的丛林
在一棵树的枝丫上居住或发呆

我感觉不到记忆在风化，所有的
往事都被标注为遗憾，但我居然
记得我遇见的许多陌生人，我在沉默中
认出了他们，也许在群山之中
也许在地图的角落，那些陌生
奔涌而来，给我浩大的羞愧
像一部布满灰尘的长篇小说
（哦，一定是俄国人写的）
容纳着祖先的恍惚和谬误
在我桌上，等待多年后的阅读

鸟鸣剧场

它们啄开我时，天色已暗
几朵野花正在白球鞋上燃烧
我不必晃动秋天，该落的也就都落了
那些鸟，晦涩如远树
在目光的围困下，透支单薄的翼
而古老的爱情，像同一个
陡峭的乐音，漫过九月的雨云

抵达你望向南方的眼眶

今夜，那些鸟鸣还将会再一次
将我啄开，我那语言的遁术
竟如往事一般失效，令自身的懦弱
暴露无遗，当时间的阴翳散去
你会看见我，缓缓咽下的雪和羽毛
重新降临在崭新的剧场里
也许你会跟所有观众一起惊呼：
“此何人哉！此何人哉！”

只听见鸟鸣啾啾，旋转然后坠落
你已经认识了孤独

暮晚与舟楫

古典的结局在挑逗你，沿着野火
燃烧过的遗迹，去寻箭镞、父亲
和新鲜的晚风。六点钟雪还未落
影厅里打瞌睡的人犹如在时间里
曳航。从梦境另一端的陶罐掏出
身体内沉默的盐，掏出那光荣的
灰烬，在风中飘洒。多少次我们
惊惧月光的声音，它曾莫名降落
在我们永不设防的额头上，仿佛要
重构夜晚的故事，而你翻阅落叶
终也找不见命运的吻痕。是遗忘
令秋天早早转身，留下金色的雾

汇入金色的远山和鸟群。是尾声
让谎言极早地暴露出自己的真实
你说美妙的时刻常常伴随着危险
是的，短视频肢解着寂静，流言
与社会性死亡，拖曳着暮色里的
沉舟。那么快乐是一种假象还是
一种姿势？为了构筑目的，我们
必须承受其重，语言会哀悼我们
数字会替代我们，寂寥正在成为
我们。历史，那些被阐释的徒劳
在新的一天，支撑我们练习徒劳

在冬日的晴空下

观看了灰雀与杉树互相诀别之后
滚烫的新消息，令手机屏幕亮了
五秒。等它自动熄灭
我的面前就多了一面小小的黑色的镜子
倒映出冬日瓦蓝的晴空

此时无论做什么都显得多余
只好安静成一堆落叶
在时间的泥泞里腐化，组成
大地迷宫的一部分
（大地和我究竟谁是迷宫？）

冬天显然已经失效，阳光正在
研磨出一个崭新的早晨

我预感到纯粹之美将由我编织而成
我因此歉疚万物
只感激诗

雾里春山

过去的我们像难以逾越的灰尘
在陌生的言辞里，抵达昏蒙的三月
一旦想起你酩酊时的眸光
便会想起蔓草，和那濯缨之水
可我，如今在雾中与风景一同销蚀
这春山一次次令我震怵
我却仍然刚愎、喑哑、轻薄
满是平庸的积习，窗外蓬乱的花草
在眼前低伏着，它们可疑的朴素
如时间辖制着我们，如当年的细雨
裹紧南方的灯影，使我看见
一簇光辉的黑暗隐没在你身后
那季节里的鸟鸣顿时变得沁凉

在密林中，无端生长的小径
叵测而迂回，我们遗落在那儿的
腐烂的苹果，精致的短银号
还有，一万只灰鹭，如同旋涡般
趋于重复，而我们重复的生存
需要无数次的写作去证实
然后，在日暮途穷的时刻
发现那语言的秩序即是人的秩序

那荆棘附丽的历史中，我们
孱如霏雪，从来不会，也不能
练习如何告别，我在春山里
感到无限疲惫，你在哪里
祝福我的沉默，祝福我的返回

细雨与余烬

在这灼热的国度，言辞必须成为荫凉。

——耶胡达·阿米亥

越来越安静，在你熟谙的枝柯里
夏天久已涣散，空留下膨胀的浮光
在路过的少年身上煊赫着。你和
那些润凉的象征物，络绎在故园的
山麓下，举头望着严密的暮云
堆砌出史书里的哑然，人间
只听得，潮音阵阵，群树耳语
一个宽阔的夜晚即将展开

飘逸着锋利的雾。真的很静
雨的气息令人想起失去，这失去
已经穿过了往事的重帷，直抵
一株野梨树的咳嗽里
它惊落了满地素雪，令你绝不
说出自己的沉默，绝不
用时间开凿出空荡的敌意
而一些事物正在燃烧，另一些

正在消亡，用尘埃般的耐心
缓慢地将一个故事吞噬，或许在早晨
或许在午夜，你将看见
灰烬映衬的脸庞笼罩着你的存在
还有雨，严肃地静止于窗玻璃上
在夜风的呼吸中显得岌岌可危
你不打算触碰一滴雨内部的星辰
只任凭它在你眼里研磨出语词的芬香

旧　舸

一颗守夜的星正在淡去
如同灰尘崩落，在所有凝视中
我们可以占据的太少了，但疫病
又在我们的航行中弥漫
从我们的幸存里撕扯出一片废墟

多么徒劳。我们将要构造出
时间的证词，用流水的骨骼
和月光的眼睑，用彼此喉咙里的
盐柱，堆垒出无穷的呼吸
仿佛巷道般，渐次延伸

将大海的匮乏置于你的体内
将涌浪分割成透明而闪亮的银币
供应黑夜的天穹。也许我们
与风景一样早已熄灭了

在每个如缕的午夜，精心雕刻着

自我与他者的平庸。我们在
往日的蹁跹里，铺展开疲倦
和所有夏日的萍踪，不会有人知道
我们曾捕捞过鱼群的反光
并因此而获得了遗忘的技能

对于那骤亮的年代，我们转身
拒绝观看，而眼前，静默的远途
耸立在椭圆的灯影里，我们叹惋
湿漉漉的雾气在我们身上
像神迹，凭空生长着……

蝉声罐头

录音开启，夏天忽然变得陈旧
只能忆起她厌倦的眼神，在蝉声里
溃败。曾几何时
我感到听觉里有一种圆熟的美
令我们在黄昏时，紧挨着
共享一座桥拱形的影子，而今
蝉声在未知的树顶回旋
在时间的景深中愈来愈让人怀念
我只能拨开浓重的念头
和温凉的天色，迎来一个
秘密仪式。我仿佛被我所听见的
那饱满的夏日所挫败，并再一次

选择沉溺其中，用词语的真实
和诱惑，将那声音永远封存
相信我，再也没有什么比空气中
飘浮一层蝉声更微渺了，也再没有
热衷奏鸣的我们，默默地
穿过洇湿的河岸，任凭蝉声浇灌我们的
耳朵。这个夏天又要结束了
可供我们侧耳倾听的事物
终于越来越少了

康承佳 》

“90 后”重庆山城姑娘，毕业于武汉大学。曾获全国大学生樱花诗歌邀请赛特等奖、全球华语大学生短诗大赛“年度诗人”、青春文学“最佳青春诗歌奖”等奖项，参加第十一届星星大学生诗歌夏令营，作品偶有发表，散见于《诗刊》《扬子江》《草堂》《星星》等。

布谷鸟·9首

/ 康承佳

倒　叙

我们的墓前
肯定会下好看的雪
像你推着我的轮椅在东湖看到的那种
病痛对于我们
就像必要的争吵，其实并不可怕
毕竟我们足够勇敢，拥有足够的耐心

当然，雪也下在我们的中年
伴随着月亮升起
雪在珞珈山上落下
这一生，我们将和无数场雪重逢
多好，雪允许我们赞美
也允许我们流泪

你还记得吗，蛮蛮
我们初次遇见也是在冬天
头顶武汉肥大的雪花
我们回到哽咽而笨拙的青年
站在光谷地铁口，你我遥遥地望见

背着红色的大书包，你穿过人群跟我打招呼
“学姐，你好呀！”

无　题

晚上十点四十六，马路边
挖掘机还在“突突突”地工作，陪着它的
是一群仍在为日子而努力的人们

我清楚地知道，生活的内在逻辑
残忍的不止是
菊花枯萎，以及冬天的必然来临

等挖掘机撤退，依次铺上鹅卵石、水稳层
沥青覆盖住水泥表面。而后
这条街道又将重新回到该有的热闹
这种热闹，无关此时在街上劳作的人群

我尝试着理解其中暗含的秩序
让我稍稍获得安慰的是
月光，终究是平等的，温和地落在
所有人头顶

陪祖母散步

她依旧琐碎、唠叨，对新鲜事物
怀有传统的偏见。但她喜欢听我聊天
像我小时候望着她一样望着我

她对世界的好奇如同小孩子般诚挚
让我误以为——老去
只是一个人不小心又回到了童年

就这样，我搀扶着她慢慢走着
把一条路走成了一条河
我们悬挂着各自的帆

但这并不影响我们一起前行
并不影响身后的桃花，开满了两岸

身披阳光的人

不管是白天还是夜晚
他总是能够恰如其分地站在光里
一身灿烂。这真让我羡慕

我该怎么给他描述
自卑且委屈的人，很难长出好看的影子
能够做的只是，收敛对光的喜欢

下班后，我买了一株含羞草放在阳台
它是如此可爱
碰一碰就能稳稳地抱住自己

这是一天里我最喜悦的时刻
一个胆怯内向的孩子，终于在一株植物身上

获得了安慰

年少的喜欢

当一个女孩做了母亲
她大致会忘记
她曾经拥有一个多么欢喜的自己

会在夏天穿白色的小裙子
捏着衣角，去见可爱的人们

那时候说爱，就像爱大地、爱星星
一样干净，一样毫无缘由

遇见喜欢的人，她会写长长的信
比冬天更长，比秋风更深入人心

她从来不懂得如何打磨语音
即使反复练习，她说出的情话
依旧酸涩而坚硬
如同初夏芒果的内心

事关夏天

时值六月
我们都成为有关夏天的人

如果可以，我们理应热烈

并饱含水分

在夏天，终于可以心怀天下
关心日出日落
担待歇斯底里的雨水落满归家人的头顶
你无须日夜兼程便走向了浩大

毕竟夏天
事关茂盛，事关澎湃
适合一切美好的事物渐次发生

布谷鸟

很难想象
我在武汉最拥挤热闹的街道
还能听到布谷鸟的声响
它们依旧粗犷而热烈

小时候，奶奶告诉我，它嘴里哼的是
“豌豆——苞谷——豌豆——苞谷”
循环往复，它们一直为单调的声音而感到骄傲
我信任奶奶，就像我信任布谷鸟的叫声

偶尔我也猜测
在武汉这只是不是小时候遇到的那只
它身披同样的光、唱同样的歌
站立在我的不远处，清洗自己的羽毛

这真是一件值得喜悦的事情
让我有理由相信
故乡远了，而故乡一切的风物
都以相同的形式在不同的时间里
来到了我的身旁

想象力

想象向日葵开满整间屋子
想象芒果可以从皮肉甜到核心
想象小西瓜在阳台上撑起小小的阴凉
路过的蚂蚁和昆虫
最后都找到了歇脚之地

想象祖父挽起裤腿还坐在田埂上
田里的水稻、稗子、黄鳝、蚂蟥都长得很好
想象久别之人可以再次重逢
席地而坐聊过往的伤心事
就像聊起城市和天气

借助想象
我终于找到了和自己的和解方式

但真是惭愧
我的想象甚是贫瘠、羸弱
只是靠想象和离开的人再次遇见
凭借想象
让美好的事物肆无忌惮地发生

妈 妈

我对你的记忆很少
毕竟，作为留守儿童
不说思念，是一种本分

我无法理解为什么必须反复歌颂母爱
毕竟，你在我和弟弟的记忆里
是无止境的哭诉、愤懑甚至对我们的诅咒

你对父亲的怨念，以报复的形式
放在了我和弟弟身上
我没有资格说原谅，只是偶尔会想起

妈妈，你似乎没有选择
注定成为女性
但是妈妈你有选择
——是否成为母亲

莱明 》

本名蒋来明，1991年生，青年学者、诗人，兼事诗歌翻译。出版诗集《慢花园》，译介有约翰·阿什贝利、尤瑟夫·科蒙亚卡等诗人作品。现任教于四川大学。

慢诗·10首

/ 莱明

诗剧三章

卡瓦菲斯，一九三三

浓缩的海，升起圆形之夜。亚历山大[1]，
日子正在向上坍塌，到码头，浅滩、烛火及船——
波浪仿佛悬崖举起你。
一个人在海上走。一道景色自此处生成。
（渐渐绚烂又渐渐滑入局部的宁静。）
你想起如何从往日的事件中来到这里，
“七十岁是一座教堂，填满鱼类、矿石、微型岛屿。”
光线巧妙地将你们焊在一起，
取材来自海之倒影。

毕肖普，一九七九

整日睡在海面而海是我朋友的一块腿骨。
现在，朋友离去，海穿上鞋子
抵达寄居蟹。抵达寄居蟹，寄居蟹。

---

[1] 亚历山大，埃及城市及卡瓦菲斯的出生地，诗人一生中大部分时间居住于此。

渔网放弃了她，但快速地移动是必要的，
快速属于刚刚回港的船只：
（卸下落日与桅杆，并用十月的海岸线
为其编织花环。）看
傍晚的海雾
已经从我身上降临——不会再有新鲜事了：
伊丽莎白，“海水托起你一生的睡眠”[1]。

辛波斯卡，二〇一二

六点钟已是另一种结局。
此时的我和你，更像是一对苦杏仁味的小行星。
花圃、屋顶、通往波兰葬礼的卷曲路径：
天空突然多出些云而不能游泳。
我们就平躺在地，像树之面孔溶解在时间之镜中。
……沉下去吧！沉下去。（落日刹住，
停靠在遥远的克拉科夫[2]和一天结束的地方，
那儿：
光的降临犹如神的进场。）

植物一种：鹤望兰

凝固在一种飞的形态里，但没有飞
——是在等一阵风，或神的起飞指令。
就在这里，准备着，
在大地上。

[1] 来自颍川《海上》。
[2] 克拉科夫，波兰南部城市。

这熄灭火盆里复燃的余烬，
——不惧你的凝视，且渴望被看清。

与谢铜君游望江公园偶得

松与竹的边界，薄雾升起精致的手掌；
像刚下过雨，空气中浮动一层盐粒。

我们两人，或者其他更多的人，在一天结束前
来到此：神力隐退，细微之物不容易看见。

这是平凡的一天，我们轻松又愉悦；
没有山怪环伺，暮色透彻如泪滴——

从它持续降落的高度，我们站在彼此可感知
的位置，将自我不断提升至这个平面：

（跌宕、魅力）有闪亮之人[1]
重召我们心中的大神、小神。

……我们就走着，并不说话。寂静的园林，
松径突然伸向塔顶，擅长眺望的鸟类正

举目练习。而人群，像栅栏里圈着的
一排浪，叠成山，又坍塌在此。

[1] 望江公园位于成都府南河畔，为纪念唐代女诗人薛涛而建，此处“闪亮之人”正指诗人薛涛。

诗章（其一）

画桡不点清镜。（姜夔）

……船中小憩，浪如云中礁石递来
欢乐枕……
（水面上的花木庭院：歧路天地间）
人在船里，
船在行进，
你醒来，又睡去。想象的海在眼角飞驰。
一切都来得及，
十月，山势低迷、力竭；
霜雾挂峰顶，软如天际间丝质的围脖，
软，不免抽取一把
擦拭惺忪泪。
此时，“我们的眼睛找到些悬崖和残壁，
我们的船体，飘摇在
幻觉的沙漠的河床上”。
谁在里面？谁和我一样
把外面的景物拉到水底
来看？
——弯曲的水中花园，每一朵浪
都像是一座火山：
而更多的
点燃的潮汐、船舷撞击着的天空
正数以百计地从我们身上走过，“透过你的梦
（彩虹般地）敲响

蜿蜒的空贝壳之上的神钟”。

慢　诗

我们坐在公园的长椅上，剥橘子。像螃蟹
爬上树顶：危险的爱，动作迟缓且精致。

十月新雨后，园中皆是长短不一的手臂
夹着枯木，刺破沉默的空气。草坪光滑

铺在眼底，像是被泪水洗净，又如
熨平的衬衫衣领：这无人问津的我们身上

的山水，此起彼伏，在秋日晴朗的午后
一点点失去颜色。我们就坐着，剥橘子，

手指停留在橘身最敏感的部位，像船
层层推开疲倦的浪花，从安全的陆地

驶向危险的深海区。你的舌头，那开放的
回声老码头，会是此次冒险的目的地吗？

我想象过此情景，橘肉平稳地停在口腔，
与身子融为一体，又在旋转、滑动中打开

另一空间。时间变缓，混沌之物因迟滞
而变得格外清晰。它冰凉、细腻，胜过

我。使我感动。仿佛坐回到廉价的出租屋，
淹没在整齐的日子里。你说，还记得阳台上

那盆金橘吗？无人照料而使它枯萎。
我陷入沉默，如假山，被人造之雾困住。

但你并不着急，拥揽进每一个想象力的区间，
从装满橘子的塑料袋里，迅速掏出一个

递与我面前。我轻轻地接过它，抵达
一年中最缓慢的时辰。神迹悄然降临——

我们就坐在公园的长椅上，剥橘子。像螃蟹
爬上树顶，挥舞巨钳撼动黄昏突变的流云。

荷

——在望江寄林月明

高处的风景当匹配高处的心灵
锦江高悬，月照见塔楼、松地、荷池
隐秘处的心声、显露处的
蛙声——深井——我和你，此地当为好风景。

夏至

莲叶小篷船，灯形塔下的花海；
白鹭像帐篷停进暮色中的浅水湾里。
你的形象也清晰起来，随即又

溶入水面的湿矮天空；
“仿佛是我回到那儿，”水底的家
波浪的房屋悬垂府南河面之下。
几乎看不见了。在不高于或低于地平线的地方。

雾

玻璃雾：轻盈又隐隐可见，
像火的重聚，不带掩饰地、庄严地自我袒露；
卷起，复又展开，不过是再次显现，
将白色注入体内——赋予形。
它就是此刻的中心？一天，我从码头来，
看见自己是雾的形象
——静为雾骨，动为雾足，倒挂
船角，聚集、反复：凌空的天性
被光线擦亮。瞧！一次尝试
雾却改变着自身。它就是在那儿的事物。
易碎，但精于修复。
变形，为每一双眼睛识别。
如一位诗人写道：“我重又找回我身边的面孔。”
雾让我沉静下来。仿佛那里真有一个静的中心。
岩石肌肉
从其底部升起，在空气泡沫翻涌的堤坝，
沿着歧义的路自我循环。它是镜子，
任其有限对抗着空间的无限。
——多么富于想象的举动。
雾折叠着行进。风鼓动
泥土的帆，冒险在临海的

树的悬崖下。
半个海斜插土里，一片雪白。
不需风暴，不需引力，
雾落在飘忽不定的奇迹上。不，
它本身就是奇迹，不占据其他物体的位置。
它赋形，“借助于真实的凹凸不平”[1]。

府南河

（雨中的两个人走进松林，夏已尽：
松涛的力量与身体的潮汐曾无误地重叠，“她说
爱，他的嘴也弓开这个词”）

府南河岸小块陆地，薄雾中的线条
与轮廓，皆已染上衰老之漆。
且看这雨赋予的力，遴选雕塑、曲折有致的
桥身，以及赶路人。我们在这里，也在别处：
松林哗哗的小径，如云重唱，“或有白鹭
展翅，盛大的中年降临”。
也许它只是一条线，此后不再有
完美结构，像浪，抵达河心后
折回——短暂的愉悦编织的目之所及。
你会说，已足够，一次可能的漫步
使你懂得满足与谦逊。当雨，丝毫不差地
落在这里，我们，如此平静、迷人：
像一朵云，在此刻打开，在温顺的

[1] 自苏佩维埃尔《万有引力》。

成都平原。我们停下，
　　　　　　　　　　　　　　看它——

墨色的松林如我骄傲巨大的影子。

去利霞家

九月的最后一天平静、异常。没有割草机
驶进利霞家的院子。晾衣绳轻轻地晃着、舔着

甜蜜的光滑的铁栏。
更远处是管道施工队，忙着我们并不关心的活计。

一整天我们都是轻松、快乐的。
没有事物消耗着我们的力量。它们也不能。

我们就坐着，像被铁拧在一起；
站起来，铁在熔化。

生活的美没有因我们而使它降低。
但我浪费了它，两次或三次。在这里，或别处。

噢，这严重的时刻一去永不回。就这样时间到了——
我该离开了，好让别的物体也来到这里。

李啸洋 »

笔名从安，1986 年生，山西右玉人，北京师范大学电影学博士，现任教于北京电影学院。参加过第 37 届青春诗会、第 10 届星星大学生诗歌夏令营。已出版学术著作《时间赋格：中国电影中的劳动记忆》、诗集《花神的夜晚》。

花神的节日·9首

/ 李啸洋

春夜行

八方无边。月光空照
稀落的玉兰与喜鹊
前方是路，后方也是路
春夜里，牵马人路过水边
苍山蓝色的呼吸，深深
拂向一张脸

石头经

世界靠石头来加深自己
刻，凿，雕
在铁器里剃度，石头
方有了佛的肉身
是身
在寻找身外之身。
石头的一生是硬的。甚至
秘密，甚至欢喜
都安然于平缓的脉象
大水灌岸

淤泥里的石头怀藏命定的玉
而不安
是给石头赋形的人

牡　丹

牡丹属火象。贵族把江山绣在
锦缎上。铺开宣纸
国色就倾过千川：长安，洛阳，扬州
宫红，白檀，姚黄，魏紫
多少年了，牡丹惊动字典里的比喻
一世城，两生花
今夜宜饮，宜典当银器
宜叫上李白和八千荣华
宜眠夜市酒家，斟一壶月光
对酒花下

镶

世界正从外往里镶。
狐皮往领子镶，
波斯猫的眼睛往戒指里镶。

镶，月亮用太阳镶
一种性别往另一种性别上镶
偏见的花边用意义镶

摇滚用金属镶。

镶，工头的嗓子白天连着黑夜镶
穿山甲死了，一条条命往新闻里镶

中国从南往北镶。往新镶。
往快镶。往多镶。
四海的秒针，整齐码在一块钟上

镶，往亮镶，往繁华镶
哗！哗！哗！
这是世界镶边的声音

临帖记

桃符压着偏旁，樵夫担子在晃
魏碑里藏着黑鹰，张翅凌兔
林冲醉酒。长矛以撇捺追逐
蓄势、转锋、回挑：
擒拿草书舞窜的龙蛇
雪紧了一夜。苏东坡皴开绿色
几竿竹子埋在比喻里

小和尚肩上挑一枝细柳
嫩条舒展。瓦匠们绷紧墨绳
粗刀斫隶书。水旋岸，岸旋泥
泥旋菩萨。宋定伯在水边捉鬼
捉青鱼惶惶的眼珠。白鹤亮翅
宣纸上行书欹侧取姿
兰亭落款，汉字的庙宇一间错着一间

甲骨爻

甲骨爻。虚构的国，王活着氓也活着
出郭游春，王拉上虎皮，氓裹紧粗衣
停辇。张琴。隔岸探花
氓抱着大瓮，王端平酒樽
尝到药性，王用剑想象氓的模样。
驱车回城，沿途的事物都在倒立：
王看到冈地成了“凶”地
普天下，王畿之“田”依旧是田。
一日，北风纵灌宫殿与街巷
琴弦被刮得忽而西忽而东
王用柱子和青铜剑定住风
氓用风筝和尘埃定住风
最后王用尽王的气数，氓用尽氓的孤独
曾经，商王和氓的骨头里都住着酒，住着火
住着青铜盛大的光芒与灰烬

花神的节日

花把目光沉了沉
相思就长在少年脸上。日子用
神性祝祷
朦胧。花的脸，守着夜
半个银月遮住眉，吻种进额头
半个醉种进月
日子，唤醒一匹年轻的豹

蓝色覆盖着夜
整个世界都是花迷人的语言

孤　独

整个下午，我一直在照镜子
镜子也在看我
我和镜子空望对方，沉默
不说话
四条目光折叠，舒平
镜子是祖母留下的
边框破损
窗外，世界的树在苏醒
整个下午，许多个我
忽然从童年里跑出
黄昏吹响树叶的回声，目光
垂向逝去的年轮
整个下午，我伸手摸镜子
孤独不发一丝声息

城市当铺

我是这座城市挤丢的一滴水
每天挤进煮沸的人群
被生活蒸发。这是身体的当铺
医院，澡堂，厂房，所有动词都把我典当了一遍
工作。身体是表格捞出的豆腐
姓名，实习，经历

切割诗人古代的名号，分装进学历
性别，省份，年龄，切割南腔北调，塞进一沓普通话里
父亲和母亲填进表格
栅栏是他们的邻居，望不见对方。
这座城市像一所当铺
医院，澡堂，厂房
时间的每一秒都可以拿来典当

刘阳鹤 》

1991 年生，写诗兼事批评、翻译，在《诗刊》《上海文学》《民族文学研究》《上海文化》等刊发表各类作品若干，曾获樱花诗歌奖、光华诗歌奖等，并著有诗集《门上悬诗录》《逃逸线》等。现为同济大学哲学系在读博士，研究方向为法国理论、艺术哲学、当代诗学。

新诗剧场·10首

/ 刘阳鹤

新诗剧场

一

情动的瞬间，不止历史
断裂的时刻：在新旧词语的交迭中，
蝴蝶俘获过一个人的一生。

轻盈入场是其次，我们拆卸
思想的装置，挟疑云以自重：便对吗？
总有从来如此的剧中人，

纵然风暴瓶守口如幕后，也难以
揣度台前狡黠的目光。何不打开通往
后世的门，我们渴望超越

如献身时代的拿手戏。好在
无人探听观者的私生活，人人都像是
第一次赤裸，徒有心力。

二

窃取水声时，我们嗅到了

额外的回响。也许只是词语的掷地，
但怕有人抛下雷雨夜的云台。

要事存在幻觉，我们的嘟哝
准掺杂二十年代的醇厚。趁你言我语，
一口血酒便可道破未尽的时局……

如今，每个人都在终端
生产小时代。虽各怀方术，却也倾心
讨彩的修辞：遥想，乃造梦家

凌空一跃。这是最初的发力，
事关我们此生的活法。若非朝向未来，
新词必将抢说万古愁。

正 午

任何时候都不要弃绝
观察一株树的摆荡，他向我
暗示道，随即便消散于
无形的钟。在此地，无人能抵御
神性的热浪，我的手中握着
一炷发软的紫檀香，一心只想
攀到最高处点燃它，再别无他求。
坦白讲，我不是为更彻底的
灵修体验：学悟道，学高蹈者
纯粹的寂静主义。人，像树
一样被赋予灵动，近似于

无言中漾然的体态？我不再自语，
登顶之后，只管肃立在人群里，
他们错愕地望着我，而我望向树身，
他们转而把目光移向一团
钟状的青烟，这杰作出自我手中
蜷曲的燃香。正午已过，
他的面孔与我重聚，树的宗教也
就此破产。或者说神秘的
时刻从未到来：未来果真不会
向我走漏风声吗？

感性考古学

I

也许，我很晚认出自己
是因为镜子照得晚：现阶段
不好做主观分析，好比我
从幼时档案馆中，永远调不出那些
可感的玩物：

自制手工艺，散落成堆；
线团、软积木、蜡烛，各一盒；
多面球体，数量若干。

每个物件均有可能仿真。
趁生命圆整时，我拎出幻想的线头
切入它们。在那明暗
交接的曲面里，诸种存在的困惑

向我逐个展开……

Ⅱ

什么是值得回味的，你会
因为物象涌现，与世界的童年
佯装划界吗？不会吗？

你仰起了头，谈及你不会
甘心只做白日梦：关于纸鹤凌空后，
如何衔来一颗体内植入

一块淤血的玻璃球，看似
像你来世的琥珀。如今，你不必
有太多诞妄，只消一团火

Ⅲ

便足够，把你分成两份：
一份留给积尘的
圆宝盒，另一份可能会
在瞬息的灯火中，徒然现形……

谁都知道，我们受限于
理性的轮廓，生怕深情无节制
滋生出时间的碎痕——

每一道裂纹或是我的不甘，
或是我们冲淡的
存在感：匮乏至极，如梦中白日梦，

通往不切实际的一切。

Ⅳ

水比空气匮乏，在流动的
美学中，我们能否同时涉足安宁
与不安呢？的确，我最善于

制造词语的幻觉了，唯独
家的记忆，在玻璃球上来回翻滚。
一瞬的定格，即永恒吗？

是的，你不得不去复查
历史的顽疾：一切缥缈的东西
都凝固了，像镜中的鹿角。

Ⅴ

我们的家不复存在了，
谁竭力还原它，谁就离它越遥远。
还有更远的，比如我和你
在迷思中分裂，在读写中
嬉戏。要是你认为我

搬弄虚词，我也不必再
说什么：丧失并不值得惋惜，至少
我们从未真正丧失过

生命的可能，圆的或缺的
都与是非曲直无关——

此时此刻，我们要有爱欲的想象，
要在垂危的烛火旁，
坐成一座蜡像，我听你说。

谒马雁墓

总有来不及攀升的云
在墓园上空，绕侧柏优游。
我们一行两三人，每一阵鸟聒
均在干扰我的目光
往别处看：我最善分心，
将密集的墓碑看成了倾覆的维也纳，
或“细小的门”[1]。那年，你探入
并跃入，就像我只身介入
一场与诗互涉的逃逸。

之后，我仍会每每动念于
一颗颗樱桃涨落、翻滚时的
迷人情状。好就好在，
去时的气候总是捎带水雾，
而你比任何人都偏好编织朦胧的物。
他们喜爱你别样的叙述，
如同京城叹息它难尽的责任。
我和他们一样，在颓败线上
写诗，默诵与你听。

[1] 出自马雁诗题，2002年夏作。

过滦镇

暗夜的光辉，在行进的途中
向远郊的袖口
注入暖流。听我说，关于民航飞机
与自行车的较量，用以
援引我们的爱。

亲爱的，不要将驻留
指望于幽僻的小径，你明晰你预设的
处境，拿毛毯裹住下半身
攫取着温软的想象：远远跌落的
夕阳，被我们含在嘴里

搅拌，而咽下势必会贯彻
一种爱的方法论。或许我太过注重
日落的形式、骑行的速率——
这只是在实践爱的
轮廓，我们因此确立出路。

失忆的明证

他不再忘怀，坏就坏在
他仍在逃避，这恒久的蝉韵罔顾天命

而自定情调。事实上，再怎么失意
也挡不住他在婚姻的协奏中，谱写错拍的

诗意：诚如是，命运之悲苦
需从庵内到庵外细心打量。是故遗世者

枯坐在高峰山，日以继夜
盘算那饱受惊悸的游人，他也算其中之一

始于忖度道长的神态，并把现代性
视作眉宇间的恩泽。到后来，他并没有

迎上去，唯独留下了此行的确证：
好在盲人的底片，被扫出未丰的鸽翼。

记忆的存留

> “童年是存在的深井”
>
> ——［法］巴什拉《梦想的诗学》

1

鸽子咕咕叫，随同我的
孩子气，落入了深沉的年岁：井。

昨天夜里，从弯曲的书架上
掉下了若干旧照，我很快便分拣出了
院落里的枯荣、被戏弄的刺猬，
以及不可见的深井。

这些来自近郊生活的写真，

先于城市化，而外在于我内心的
空间记忆：要么是浇筑的，要么早已
成为万物流泻的载体……

时快时慢。我渐渐才发觉到
扁平的存在，始于加速。

2

慢下来的，多少与自然物的
想象有所牵连，但也不再纯粹了。

曾几何时，我向父亲询问过
那口井的深度，得知他遗忘的多于我。
十余载的移居生活，让我们的
偏差多出了十米开外。

我仍旧记得移居前的暴雨夜，
一只黄鼠狼蹿进了鸽舍，撕咬掉三段
脖颈，竟未食之。

天未放明，父亲就去查了舍，
他偷偷把物质生活的沮丧，投喂给
近旁的井。当时，我依稀听到
水下的回响，脆若风铃。

3

雨夜过后，父亲伙同我
贱卖了幸存的鸽子，它们湿漉漉的

躯体，像是深陷涝灾的城郊。

再后来，我们租赁的院子
被绿化带吞没了。在这些年岁里，
我们能够存留的东西越来越少，甚至
再也无从收束那些本真的

印记或瞬间。每逢想起童年时，
我们记忆的水性，就开始外溢而出

我力图潜入存在的涌流，
寻觅某种声响，它源于物性的抵抗吗？
不妨听一听物质主义者的诉说！

写生之际

潮落时，她独坐
在曝晒的礁石间，不为观察
语言的浪花，何以荡涤
落魄者的岛民心态。尔后，海风袭来，
吹动她瞳孔的幻影：本就叵测的
油性异彩，被诸种技法匪夷般施加
于画布之上，直叫旁观者乙
久久驻足，不愿离去。“在一场只留给
我们的雾里”[1]，一只盲鸥化身
荷马为她衔去海芋恋之歌——这浪漫

[1] 引自多多诗题。

时代的幻听，使可视的真实
生活被我们所忧惧。哦，又要涨潮了……
她侧开身，用刮刀转起了
调色板。转呀转着，那熟稔于心的
词语风景，旋即被卷入油彩的
风暴眼：力比多，无比
透亮，宛若晴空。

为朱鹮而作

用一周观察一种留鸟，
很难领略到它近距离的风姿。
于是，我开始回忆两年前
在鸟舍的几次劳作，那几排朱鹮
对陌异者总感诧异，似乎
与野外遭遇并无两样。同样的侵扰，
只在稀疏的人影，及不显眼的
工服之间构成差异。由此，
我制造了鸟舍中最贴身的一幕，
（试图缓和双翅里的局促感）
并观察到一只残缺的朱鹮
一边啄食水池边蜷曲的泥鳅
一边凝视着我。当它望穿我的记忆，
我才回神发觉头顶有暗影
隐隐掠过。就在这时，姐姐喊道：
“看，朱鹮！”她欣喜地目送它
飞向暮霭，而我走出了

历史的遗言[1]，遂以近为远。

洋县纪事

“我小时候非常爱看地图。”

——[英]康拉德《黑暗的心》

一

带上小时候的物什，
连同乳名，我不假思索地
图解着内心的景观：山路卷曲，
每一道折都在朝我投射一段往事。
而我从未想象过人非的境遇，
竟会令一个人如此抗拒
记忆的闪回……

所有辗转于瞬间的心象，
比如衰败的绿篱、猩红的围墙，
哪怕是银灰色的晚灯，
都在此刻的现实感上刺下了创痕。
无论世界多么虚拟，我也
无法置身事外，任由它来啃噬
一块块真实。

二

不可触及的，不只是

[1] 参阅小林照幸《朱鹮的遗言》。

信息的流动，还有你我之间
心灵相阻。所幸那些疏于亲密的、
无来由的暧昧，较之数码戏剧
略显实在。在具体的房间里，
我彻夜编排了明日的行程：
第一项，登观景台鸟瞰古镇虚浮。
第二项，看朱鹮窝是否浑圆？
第三项，验视人与自然的
共生程度。这些有待证实的项，
活像一场篝火晚会，在暮雨阵前
被迫取消。最终，我没能
经由焰火想象一副面孔：我们
还会流动不居吗？

三

无所谓跨过了多少沟堑，
我终归还是心怯于
突降的叶影，随便哪一道都能
令我潜入妄想湖——正与希望相邻。
到如今，我不再轻信伪装的
鸟鸣声，即使窗外传来童年的尖锐
噤若寒蝉。可究竟有几分

落寂，借你深心利比芒刺？
我们在语言的荒田里
播种、划界，每当细雨下渗时，
你就会像一丛根部黏湿的草本植物。
若不充分理解它属实的药性，

我便不必先于你作结：
有人爱图，理应有人图实。

刘雨晴 »

女，1999 年出生于湖南常德，一位诗歌写作初学者，现为北京大学中文系文艺学专业硕士。诗作曾发表于《诗刊》《南方诗歌》等诗歌刊物，曾获樱花诗歌奖、井秋峰短诗奖入围奖等诗歌奖项，文艺评论作品发表于《大学生》《华声文萃》等期刊。

我们在光明的眼睛里滑滑梯·10首

/ 刘雨晴

我们在光明的眼睛里滑滑梯

然后，是螺旋
纯白的楼梯就像你目睹了春光乍泄——
的涟涟眼波，我们眩晕，或者索性徜徉
我拉着你，走在一条红飘带上，像通往森林深处的洞房
我说："轻些，踩弯了可是要掉下去的！"
你不愿意和我鸟瞰吗？看春至日的阳光在北回归线附近的塔顶，断断又连连。
是啊，谁又不是一颗螺丝钉呢？

首先，是黑暗，然后，是螺旋
直到这纯白的螺旋伫立了，才有了会歌唱的鲜花
星星点点的粉黛草，忽然遍布了整个红花山
名叫欢乐的田园里，朱颈斑鸠染红了格桑
我们躺下，就躺进了一幅对影成三人的油画
挂在美术馆，挂回故乡，母亲床头的墙上
母亲曾说，每个人来到这个世上，第一眼看到的事物就叫光明
而你拉住我的手，放在一只奶牛的额头
你说它的鼻息真静，只有蜷缩的时候才听得清

最后，是光明
我们在它的血管里爬行，在它的羊水里扎猛子
我们，在光明的眼睛里滑滑梯
被咀嚼、被运输、被温柔地养育、被十月锻造的手术刀剖腹产——
从黑暗中，睁开眼

致九月初九的情人

后羿留下了两个太阳，于是——
我的双眼将要目睹两场黄昏
第一场黄昏埋在地底
沉睡已久的白骨，等着家乡特产的金菊酒当头浇下
等着破碎的骨架苏醒，再缓缓伸个懒腰
“我知道是你，吃了疯药的小姑娘。”
第二场黄昏浮上了墓碑
浮上了海关分界线上一家晦暗的小旅馆
你离开我的第一秒，甚至还可以提前到没有离开我的最后一秒
你便开始思念，然后门遮住行人——
山长水远东望眼。

你的白衬衫胸口装着一支笔，它们合适得像录影带里昼夜不息的滚滚长江
“颂明月之诗，歌窈窕之章。”
你用那支笔写下我对影成三人的字典，贴在了我的每一寸肌肤，又看着它们字字剥落成满地霓虹

先生，我坍塌了
我一无所有，我一往无前
可你只是踢着土墙边作废的瓦片
我只能不甘心地揣测，或许——
你梦中的三峡比我更浪漫，浪漫到，一樽还酹江月。

不要再把沉重的思虑视作一种担当，它们只是丢了钥匙的脚链
先生，你一定会拥有很多的快乐，罄竹难书的快乐
就像我对你的爱一样
你知道吗？在被阳光镀了金的我的眼里，
你叼的那支香烟，会开花
粉红色的木棉，长着乳臭未干的绒毛，像吹破的泡泡糖粘在嘴角
这画面诞生在一间气喘吁吁的教室，却泛起了女娲的第一对造物自海边诞生时的泡沫
这是真的，我对天赌誓，为此我愿意
用毕生成为电影教科书上的一张黑白相片，不然——
请惩罚我长命无绝衰，用滚过砾石的双脚去追赶你
出生的年代，最终渴死在日暮沉沉的大泽边
这样也好，我扔的手杖，就会砸到下一个桃李林中的小姑娘

先生，你问我诗歌何为，
我先用我柔软的双鱼，撬开佛珠里裹藏的谜题
斟酌字句，再写下：
“我爱上日神的遗腹子，所以只能奔跑。”

春日，格言集

先生，你打着口哨去了
（我只是你红砖墙上的鬼影对吗？）
为了触碰你，我早已生长得皮肤龟裂
以踮脚、以伸懒腰、以最奋力的疼痛——
喏，我发芽了！
可我春天的梦里，再也没有童年与你了
因此我一定做着别人的梦，就像
别人早已说尽了我想说的话，可能
也包括这一句
也好，当你翻开那本格言集
每一句都成为我未竟的情意，疏疏密密落晚窗
“生如夏花之绚烂，死如秋叶之静美。”
“一万年太久，只争朝夕。”
你煤炉里的烟尘，终于是我了，总有一天
我终于是飞鸟掠过花苞后的一丛枯萎
那是我渴望已久的归家（或放逐吧）

车辆回收站

它曾高傲得像我玫瑰金的黎明
但此刻，我却目睹着高楼下的一场屠戮：
他们拆下它完好的一根肋骨
嘶哑的铃铛已无法发出抗争的低吼
这黎明终究折旧成了三张纸钞
我也想带着它私奔

把古老的胡同再走一遍，用冲撞的姿态——
再见证一次，成长的仪式，途经颐和园路上燕子的呢喃
我们的身体都在夏至的正午留下错综的伤痕
所以贴得更紧，便于烧灼彼此
可这文明世界，只有骸骨可以通行
在都市，人们忘记哭泣，也忘记回乡
我曾骑着它，将黑夜骑成了白昼
又将白昼骑成了瓢泼大雨
离别的季节，打包的纸箱都泡烂在水里
就像我因背叛而皱巴巴的心

钢铁厂

每经过一根钢筋，我的心脏就被戳穿一次
在北京，柔软就是如此不被允许
渺小，是我犯下最大的罪愆
只有在身上种满铁刺，才能站成一根会呼吸的烟囱
吞吐几十年被废弃的哀愁
忽然，一片暖黄的树叶打着旋儿摔碎在我的足尖
拼尽了整个夏天，他将自己北平时期残存的绿送与我做嫁妆
我想我会永远恨你，除了——
这一秒爱你

更添秋衣

如此朵带泥的鲜花竟依旧地
在文艺里栖身

倚仗露珠折射天空
——朝露待日晞

在荒芜的床榻上，睡衣是被谁纺成的？
绞尽力气也无法回暖的秋呵
只好歌唱一首金色的诗谣
十七摄氏度的字符缓缓流淌
流淌成那件环绕的一衣带水
绣满天高地远无穷碧

可是我自己，用真实纺成了谎言？
在狗尾巴草里烈火焚身
我的悲悯与不可说
我最后的、唯一的救赎
我最后的、唯一的——

非必要的爱

灵魂是非必要的，而必要是健康
于是我知道没有人会在这个黄昏踏进我大敞的门
这个城市够宽阔，以至于我们在街道上寻寻又觅觅、踉踉又跄跄
却无法撞个满怀

飞鱼服是必要的，自由则不然
来来往往的行人都有着必要的理由
譬如，跳广场舞
修剪头发，像修剪一丛绣球花

除了我胆小的情人
笼子外刮着必要的风雪，笼子里关着非必要的爱

爱是非必要的，我被这样教化
每年，人们只有在约定的释放日可以互相拥吻
于是我锁好了抽屉，将日记扔进炉火
我有足够的日记可以度过寒冬

致十二岁的朱梅枝

最初，想写十八岁的
但十八岁属于人造的杜鹃花、一支折断的永恒牌铅笔、浸满汗水的黑棉裙，唯独不属于你
你属于十二岁，辉煌的十二岁，黎明为你的小麻花辫镀上了雪花膏的亮光
你一只脚跨出了双溪口，这个生孩子如生羊羔，又将羊羔炖了羊肉煲的地方
你蓄起了长长的头发，再也不用害怕绞发如绞刑的织布机

四十二岁，已经很晚了，但你不需要姗姗来迟的解救
为了小儿子，你辞去了酒厂的工作
琥珀色的麦芽糖，终于含到只剩最后一丝蜜味
你的余生，从此用“牺牲”高唱凯歌
二十一岁，你栽倒在一个男人身上
你只是他的一枝冬梅，他却在吊井边锁好了两枝红杏，就像八十岁的他——
锁好了买福彩的私房钱，要你锻锤敲打他的无病呻吟，

像抛光一块顽石
可是，谁又曾真正地注视你呢？

六十五岁，你爱窝在漆黑的八〇分队看轮回播放的电视
深宅里的女人困在命运的结构里喘息，而我看见你藤椅上佝偻的背影
又过了一年，你的眼底冒出了斑点，就连这唯一的兴趣，也被脱下
七十四岁，靶向药让你的皮肤枯萎
你只是发出些怯怯的疑问：
“我以前的皮肤水色真的好，纳闷现在这个样子哦？”
“我还有一套房子，可以卖哒抵钱，不要您恩操心。”
“电动车要锁好哦，莫被别个偷了。”
这是最后一句，二十个小时过去——
生命的起伏拉平成一根直线

七十四岁，当你躺在灵堂，穿上刺绣的婚纱
七月半，你总把圆画得不偏不倚，舅公、老倌子，声声地叫——
那时，我只觉得烧火是件有趣的事
忽然，我听见你的六妹在高声号叫着我听不懂的吊丧曲，而我只是想，你真老啊
一句词在我脑子里来回地撞：“你老成了一堆旧纸钱。”

只是，十二岁的朱梅枝
只是，谁又曾真正地注视你呢？
幼时母亲逼我写日记练笔，而我总是耍滑
你怕我被母亲责怪，拿起我的笔，一写就是几小时

你有多久没写过字了？你在写我的日记吗？还是写你自己呢？
那些埋葬在十二岁的日记本里的，名为囡囡的心事
最终都被通讯簿的电话号码遮住了吧

关于死亡，我唯一一次无力轻盈。
关于你，我只写让我颤抖的诗。

第二只柴犬

他不记得自己
变成柴犬的时刻
是上一个阴雨连绵的星期天，
又或许，棉花糖半价的某个星期三？
唯一确认的，一点十七分。
在神谕降临的那一刻
他断了一只昂贵的腕表

耳畔响起斗兽场的欢呼
一个他砍下了普罗透斯的头颅
三十七个他对月亮唱着戏谑的歌
九十五个他向下水道投放催泪瓦斯
在此之前
他是黑夜的王，一无所有的王
除了赤裸裸的生命
与一幅拼图

Alexander，Alexander

他站在一览众山小的字母 A 上
发出两个清脆的卷舌
“你在说什么？”
汪，汪汪，还是汪汪汪？
它们对应自负、恐惧与悲泣
就像猎隼坠入大海的三部曲

黄色，属于麦地，而黑色呢？
蓝色，属于河川，而紫色呢？
黑色与紫色只属于他自己。
“你知道吗？你有狗尾巴草的香气。”
他看着柴可夫斯基的手
向他递来一块致命的红丝绒

他的宿命，不再是
读完那本古希腊衰亡史，而是
穷尽所有闪烁的黑葡萄——去探索
另一只柴犬身体里的甬道
有没有布满骑兵

致猪仔的母亲

猪仔出生的那年，你算了一卦
算卦的人说你命中有一大劫难，在五十三岁那年，破财方可免灾
可猪仔的胃口太大，对于帆布包里的任何硬币，你无力掏出

今年，你五十一岁
猪仔的十字绣总算是绣不完了，索性一针挑破了泪腺
你对此十分鄙夷，因为你已经将五副老花眼镜用出了重影，还在努力增厚耳朵的茧垢
你知道，千里追夫的把戏，不过是你玩烂的残次品
你始终像一个在厨房点燃烽火的战士，高喊着：
“前进！”

前进，跨过师大那隔夜的围墙，与大卫雕塑在油菜地跳华尔兹
跨过那油菜地，骑上一个胖男人的摩托，那男人的身上，大哥大响个不停
跨过你父亲紧闭的唇，等候一辆开往广州美院的列车
你说那天很冷，月台也跟着你一起打了个寒战
讲到这里，你把手放在猪仔盘条理顺的胸窝里取暖
你的猪仔什么也不会，不会前进，也没有名字，只有一颗灯芯绒做的心

你是浪漫主义第四十七代传人
相信世界上所有的橘子、青花瓷瓶和猪饲料都出自莫兰迪的画笔
就像你遍布伤痕的围裙——
只是被荆棘刺破，在翻出高塔奔向骑士的路上
因此，你为猪仔购买了一张诺亚方舟的船票
你说，所有的大船上都会有莱昂纳多，他可以与猪仔上演一出魂断蓝桥

最后，猪仔不愿远渡重洋

多瑙河没有玛瑙、挪威没有森林、大马哈鱼也不够大——
大到让猪仔在它的眼睛里看到来自天国的极光
猪仔不相信，用扫帚扫过痛楚，真的可以扫出月亮吗?

猪仔想要一步到位的快乐，胜过隔壁的小香猪对哥伦布的一见钟情
猪仔想要在泥坑里熨平身体，在格子间数百叶窗的阴影，在银杏的落叶里滚出一身臭气，然后对一只丹顶鹤单膝下跪
很抱歉，让你做一只猪仔的母亲

可是猪仔很幸运，成为你的孩子
猪仔可以吃到黑椒牛柳、香煎小黄鱼、墨鱼排骨肚片汤、莲子银耳百合瘦肉粥
唯独吃不到红烧肉
因为猪仔的母亲知道，红烧肉是怀孕的石榴花
拼了命地熬过冬日，才开出的一整个春天——
沁甜的花，它没有名字，只有一颗灯芯绒做的心
与毛茸茸的、软绵绵的爱

罗曼 》

1992年生于北京海淀，祖籍广东普宁，硕士毕业于北京外国语大学，诗作见于《诗刊》《北京文学》《诗选刊》《诗林》等，曾获樱花诗歌奖（2018）。

消失的艺术·10首

/ 罗曼

纸蝴蝶

剪纸是一门舍弃的艺术。你得
洞悉它的构造，它的黑夜与白昼，
以便刀尖负隅顽抗，缔造具体的弧，
背叛它依赖的纸张，听从折痕——
它的隐秘关节，内向挖空设计；
铺陈千疮百孔。让失效的白散落成雪，
纸蝴蝶以取消部分自身成型，翅膀
透亮，像枝叶掩映的天空，难以喻说的
真相。那光不源于外物而来自持刀者，
你，唯一的女祭司裁夺临界的奥秘，
对折，涂抹，变着法儿唤出
一条锦鲤、三只布老虎……
空白纸张俟候它的图案，如同你想象未发生的
爱情，这濒临灭绝的手艺。

消失的艺术

——观 Kiefer[1] 展览后作

再次冲抵边缘，毗邻忘川，虚无对抗着虚无，
存活的片刻啊，“无限小在无限大地重演”。

画一只欧洲大陆的食草动物，让稻谷结实地
穿透它的腹部——身体，只是个过程。

弃置的打字机由不具名的蕨类占领，
向日葵不会死去，枝叶衔接宇宙，铁轨
通往消失，奥斯维辛的讽喻别急于说破。

细数是可怖的：假如你凑近分辨丙烯
与混合材料、油彩与血渍、碎石与钻石的构成比。

借废墟漾出的缕缕火舌，我们望向
被毁弃后的飞船、旧日与青山默默。

面目全非凝固在画布，化作
煤、尸体或铅灰色，谁又幸免？

你的美狄亚，你的幼发拉底河。
白裙子的古代女神定格成一尊塑像，

[1] Kiefer，德国新表现主义代表画家，有“成长于第三帝国废墟之中的画界诗人”之称。本诗依据基弗在央美的展览而作，此次展览得到藏家机构的许可，但没有经过 Kiefer 本人的同意。

而她的脸陷于某种遗忘，呈现为荆棘状的金属星系。

从挂在墙上的一扇扇苦痛的窗子，我虚构
某个 Kiefer 直到步出美术馆，一颗寒星升起。

忤逆 Kiefer 的表态，人们有幸目睹展览。
树木岑寂，骨架分明，叶子装上卡车不知去向。

消失与背叛的艺术每天都在发生。

夜行者

你走在我前边，像两名游客
我们，从没这么轻盈过
像两片枯叶，风穿过
我们之间，就只有风
知道我们的树上
还挂着欲坠的果子，我们的信箱
装满匿名的忧愁，我们的
耳朵温热。这时候
没有雨，灯亮着
暖气也足，可以翻书
可以说些毫无追求的话
比如，写完这行就不写了
比如下次再见。一只黑猫
逃进夜里，就像我们
退回各自的坏天气，没有什么
值得分享，而明早所有人

都会穿上厚衣服的一种默契
告诉我们：的确是冬天了

晚春剧场

偶发的相逢，惊鸿
虚构般渗入林间
飞絮盘踞于崭新的水陆
白茫茫地成形
跌落的松针也会荡起涟漪
致使下午的景观受伤
固执的雨滴饱含歉意
异常平静，在风暴中央
任何人不能裁夺她的意义
草叶上的蛛网是一个秘密道场
蚯蚓成片死去，化作纤细的弧
——必须绕行
（整个西边后来都不敢去）
此外还有一些闪念在周旋
还有一些钦羡，一些不切实际
在无情地左右
在炎炎夏季到来以前

搁　浅

蚯蚓搁浅了
槐花泪水般斜斜划过
落成街边浅黄的小山

新修池塘，水中央
工人跳下船，乘着浪
掀动田田荷叶

环顾陌生水域
野鸭在芦苇中隐藏自己
像白雾，急于遮起世界

雨意蒙蒙的下午
所有动弹不得的事物
不包括我

动荡不安的我
踢倒野蘑菇
伪造一桩事故
让根系和泥土散发电线味儿

砍下的树枝是我的床铺
我们唱歌儿
叶脉鲜绿

天文馆

碰见秋，太阳开始倾斜
拉长事物的影子
让人类易于感伤
而地理课本说

实际上，现在它离我们更近了

花园里，蝉悄然坠地
秋，继之以虫唱缝补夜色
蛐蛐向虚空发送秘文，一篇又一篇
昨天路过天文馆
（每周五向公众开放望远镜）

想起我们最后没有去看的木星和月亮
它们在哪儿？漫天的星，金木水火
它们在哪儿？
看见了也认不出
这才是最悲哀的事

八月的燕子

回到最初海浪拍击的鼓点声
看着灰云袅出山脉
看我们划走的船
荡入前朝的记忆

让那个时辰显现
让我再次撞到燕子
来去不定的燕子
而忘却恐慌

如同悬挂在睡梦边缘
墙上画里的飞燕一般，只顾飞

无论其他究竟是垂柳还是梅朵

八月末了
秋往深里去
这是目前唯一确信的行踪

1877 年 4 月梵高先生的一次散步

从炉火旁起身
梵高先生封好给弟弟的信
戴上棕色旧呢帽出了门

周五下班后
矿工们正往酒馆聚集
马车载着播种者，或许还有
挖土豆的人、牧羊人……
驶过光线变幻的大路

梵高先生经过他们
扶了扶帽檐儿
像途经教堂或红磨坊

松林尽头
一片生着石南的荒地
梵高先生上这儿来
只为看看黄昏的天空
如何调色布影
并催他回去

摊开一页崭新的安格尔画纸

雁栖湖

白浪蛰伏如一个表情，昨天的爱意
凝固在冰面，裂隙暗中滋长

感受不到春光和人们所说的希望
我在桥上来回奔走没有目的
熟悉的人都已淡出视线

山的形状有一些皱褶
他的话里有多少假意

大风天放飞纸鸢，不急于
收回手中线，音量控制住
路过的人就猜不透我的心事

只是疑虑，此刻有谁的念想从
无尽的蓝色那边翻山越岭而来
穿过衣襟，带来了遥远的暖意

两个月前

杰西跑下山坡
经过六株樱桃树
左边有家养老院
也许是幼儿园

"我们到那儿看看"

就坐在台阶上
晒一晒太阳
等雨停

吕周杭 »

2000年生，吉林大学车辆工程系2022级研究生。作品见于《诗刊》《星星》《飞天》《诗歌月刊》《绿风》《青春》等，曾获第三十九届樱花诗赛一等奖、首届公木诗歌奖、第五届哈哈诗歌奖特别提及奖。

象群迁徙指南·9首

/ 吕周航

象群迁徙指南

向北，再向北，走出预设的房间
滂沱拥塞长街，冲掉逼仄的暗室

源源不断的势，仿制一种迷茫的倾销
光从围城射下——冷峻的切向加速度。

他们已在岛心，逢遭抽打如孤绝的陀螺

“亲爱的，我将在加速中得以修正平衡，
终于，这是给予力的回合。”

收　获

十月的光线在外部劳作
尘土发烫，声音通过振动联结彼此

在十月的玻璃房，她小心翼翼地旋转，挪腾
太阳像一颗笨重的蟹钳摇摇欲坠

果实在传递。幸福在分享中得到形状
所有的目击者都信誓旦旦

我们握着春天的树对秋天的信心
尝试理解，就像风雨也曾徙经我们的躯干

本命年

“声音会留在磁带里吗？”
雅秋，水鸟在你的日记本里起落，
摇曳着不宁，摇曳着
水露方息的停机坪。是我们的路吗？
好多事情急于肯定，那悬在树上
罹患雨季的果实，被日头悄然剥开。
我想，我在努力攻克那些昼夜，那么多
再次灌入口袋的糖豆，不亚于一次失落
的冲锋

雅秋，你曾饲喂的盆栽，正吐出
失眠的猛犸。空间退至虚数位，雨林
尽是蒙昧的么？
运输带加速传动，硬车厢硌碎满月亮
可牙齿未经允许。好些时候，
甬道里排列着红色的消防栓
我无法搬运自己，像从前那样快活。
雅秋，这曲折的使你我……可声音，
真的可以留在这里吗？

南岭记

以我为参照物，逸夫楼开裂。AB 两区
考试的纠结选项，呈合围之势
用光亮的碗准确扣住一尾鱼
铃声是汛期，人潮携斑斓降落伞，势能
冲开大坝。动能留给排队与咀嚼
一二三四五六餐，六块橡胶糖
所有的嘴都在开会，所有的嘴都在消化
含混着综艺，春招，金工实习的小铁锤
南岭生活着我
指挥交通，清扫落叶，偶尔为街道续好断骨

二公寓
木板床上每晚，啤酒冒泡。月亮搭在潮湿的肩
我们习惯睡前谈起传动轴，一些计划的期限
气压骤低。齿轮旋转，呈环岛模样
德制机械臂，把盐均匀撒入所有开着的窗
睡梦中目击霓虹尾，寝室飘浮。我们
再次将头齐齐埋入西瓜
在南岭手术台，一些誓言逐渐酥软
磐石路上的蛋黄灌入松胀的饼，生态循环
饱腹即惆怅。娴熟跨越月光后
他三分熟的脊背
缓缓缓缓渗出深色的墨汁

十一路

抵达前漫长的隧道，黑暗中莹莹的人群
做彼此的壁烛台，映出脚下软烂的泥潭
谁会在祈祷时遗下跪痕？大多数的跳跃
只是左脚踩上右脚。但我们紧张地蓄力
像南迁的禽类，为一团朦胧的气雾打开
周身的舷窗。戴上耳机，就完成了躲闪
的动作。

“武行者走至月下。”流淌的某处匆匆寻
回，飞速脱手的镜头，水漂般扣动车内
的月台。体内的时钟约束着，不同时刻
推门而去的人。观音堂村，大北窑东，
机械地传递钢质托盘，按时投送按时交
租。日光灯下每日烹煮，为运行的城市
润滑或解毒。

耳内的对峙逐渐绷紧，景阳冈上酒力发作
雄厚的撞击回振行者的骨骼，打桩机般
倒数，颠簸而至的时差。铜豌豆蒸不熟、
煮不烂，做程序内精准的弦，易于替代的
螺母。出神的部分被白昼吮吸殆尽，
步行街内，沸水足以解渴。
无数的街头表演——
碎掉磨盘，共同划桨：新语言，旧语言，
蜂拥着转动魔方。渡过桥状的关联。

多哀怜，我们自以为的话语，
像一次低烧，汲汲地付给单向的声音。
——结算为沉底的苦药渣。
他感到平静，他的静止是无法迁徙的质心
一二年，行者提着哨棒南下，见一块光哒哒
大青石，踉踉跄跄，直奔过乱树林来。

蜡笔小新与娜娜子

爱在时间的壁垒上垂饵，有时化作
共游时垂下的手。那么近，像冰激凌
蜷曲的奶油尖，一次踮脚的试探
会让它融化么？小新不知道
小新有丰盈的爱，有固执的力气，还有
暗许的忠诚。有时爱也并非悬浮的行星带，
无数个需要的时刻，被成全的勇敢，
一弯拼盘的花束，也将有力气缝补
客厅内每个沉默的洼地。小新知道，
爱是靠近，是周全。这守护着娜娜子，
也淹没着偶尔妒忌占领的玄关

通向她，经过排练重逢的家庭剧场，
西装与清晨的电视算命。我们是投缘的，
如果你也愿意展开春日部，耐心收听
自己的生活。像一本爱情交换日记，
吸噬周遭的漩涡，包裹好并记叙成
柔软的海绵。遗憾如打翻的红豆汤，
也偶尔扮演错身的喜剧。娜娜子知道

真诚的可贵，也轻轻抚平那些
等待回音的涟漪。允诺都作数在那一刻，
流萤般牵引，奋力汇入海心的坐标原点
“阿雅击退鲨鱼，喝下啤酒，感到了幸福。”

三 娘

供佛的十年，她虔诚得像一筒筷子
麻利，受用。打着地上与地下
焦灼的沉默，快走成亦步亦趋的家鹅
偶尔，迟钝的老年机吐出流水歌
“让泪化作相思雨”。她用脚打着拍子
想象空旷的广场，城市在默诵中
抵御寒冬。人群持有古早的吵闹和温度
她的细胞是一座甜蜜的小屋
自给且自我满足。

出奇的，那些紧随的，黏稠了半生的
瓶瓶罐罐，在舞蹈里和平地共振
尘粒在沸腾。簇紧绒绒的光，向她抛
暖色的线团，像佛祖多年前抛出她或抛给她
这生活的迷宫，娴熟的积雨云，她在解，
从一步到一万步，反复画圆。

她也有她的智囊团。仁慈且多智的小姐妹，
她们像导游或早起的鸟，推动生活的新浪潮
大多是讲座与宗教，她仰着脸听
很多张眉飞色舞的脸，像哭也像笑

有时她甚至觉得他们像佛。
这些西装革履的瘦高花洒，
正沿途纷纷洒下求道者的食渣，慷慨且热闹

观湖后记

你仿佛知道了什么，长生的咒语，或其沉默的必要，
安静倏忽而至。形同折纸的戏法，你折好自己，
递给下潜的睡眠。
近乎所有夜晚，不大不小的火苗在壁橱跳动，
尽管那是潮湿的去处，未必适合燃烧与奉献。
幸而事情通常不是严格的演绎，比如你收藏的菜谱，
某段睡前的人物志。（你早已为他们设好隐匿的结局）
有时你间歇地咳醒，呢喃些词组，不规则的分行
像筑巢的鸟，你以你的角度采集，疗愈现实的偏头痛
也许你会俯视整条街道，分类并打包坚硬的蜂巢，
给旧物新的名字。拾荒者，也可能是年轻的更夫
我们同样干渴，同所有植物，挥起小小的拳头。
有时你再次裹紧被子，天气也在悄然转凉，你迟早
醒来在这样的秋季。
整点的石头落落出水，突兀地点醒钟的睡眠
一次相逢即将发生着。你留下些东西，在我不知道的
房间。漫谈的脚步急声关合楼门，阴天垂散的吊兰
夹合你吐出的烟雾，在室内浮动。
信号灯亮起的瞬间，我触到湖面。

流水歌

两年来，我们倒悬着奔跑
一步步挨紧迫近的冰凌。
这些垂直的袖剑，在冬季也会
缓缓变钝，变湿，软成一团烟雾，
溯洄你身体的旁流。
这将是温暖的吧，扑面的水汽
像唤醒假寐的风车
为胸口通入低压电。
礼貌且小心，像铺设时代铁轨
的方形火柴盒，规矩且方便折叠
我们的愤怒容易抽泣，
理智容易训诫，只需轻拿轻放，
像阳光下一排排束口的瓷器

像在深夜抽出并划亮的
短暂的我们，复将在白日染上温文尔雅的淘金热。

马骥文 》

1990年出生于宁夏同心，曾获十月诗歌奖、柔刚诗歌奖、未名诗歌奖等，出版有诗集《妙体》《唯一与感知者》，现居西宁。

汤瓶柔巴依·9首

／马骥文

凿　冰

记忆如锚链驾驭我们。

影中，火苗
长久而充实地飘摇。

如果雪落座于我
身边的椅子，
那就请它播洒和诵读。

在草的根须，
夜子的喉咙起伏如舞蹈。

我的爱人住在风的最深处，
头发忠诚，膝盖清洁，
在绿的信赖里，喜悦穿行。

水流过我们，刺痛我们，
使不可分离的人更加紧密。

冬夜漫长，让我们
在凿击中更加相爱。

新年祝福

新年好——新行星——世界——家！

——茨维塔耶娃

时间花园，荒芜小径的交叉处，
我们（一些被扔掉的残损礼物）
又将在这个蓝色星球的不同时区，
守候一个嫩绿而剥夺的时刻降临。
铁器轰鸣，万鸟朝着惊叹飞去，
只有此时，我们拼接为一个物种，
在不舍昼夜的流水中爱慕的物种。
每一秒，未来妖娆如美人，因为
痛苦的人类只有未来一个出口。
可是我已经不能再等待下去，我
正泥泞在艰难的北方，只能借着
幽灵月光，为你送去一篮篮燃烧的
野雪。这是我仅有的赠礼，美丽
一夜，我为活着吞咽所有灰尘。

斑马从滑梯落入深河，水面银光
闪耀我人间的歉意。被时间雕刻的
也在雕刻时间。就好比，谁可以
解锁诗歌的冰抽屉，谁就会成为
新的奇迹。宇宙魔镜永远供幸福的

人居住。他们在里面划船，浪游，
沉稳度过甜蜜的一生。而我的甜蜜
将在未来例外的野地。世界舞会上，
还有什么是你我不能承受的？即使
再多的夜，再多的血。我只能向你
说：祝福！祝福！一遍又一遍通过
狮群的吼哮和火山传递给你，也会
在薄冰、土壤、露珠中对你说。这
问候必将抵达你，直到热爱，直到死。

诗人酒吧

请把灯光调至蝙蝠级，以便我们
可以被深邃的事物观察。九种题材，
对应九种气度。如何喝，就如何写。
哈哈，每一夜都能看见新少年，
从天边冒雨赶来。他的手掌落满
雨水，需要喝一杯才能变得温暖。
管风琴手，正弹奏属于未来的乐篇，
我们都坐在宇宙适合的位置收听。
这是避难洞穴，流浪人聚在这里
长久地谈论心灵。彻夜的彻夜，
多少幽灵一一从我们口中复活。
他们在篝火上跳跃，照亮你在语言
险地上耕作归来的脸。没有人
可以阻止我再饮一杯这深情的酒。
爱人离去的冬天，你行走在薄雪的
郊外，练习一生的寒冷。足够多

河冰在我们身后崩碎，足够多人
陷入自己的故事，再也无法走出。
我披荆斩棘来到这里，只是为了
重新找回被我丢失的海洋之心。
一些人离去，更多的却正在走来，
诗人酒吧即将迎来新的一天，我
也将再次从这里起身，去世界码头，
搭载你魔鬼的帆船去一片新海巡游。

放　射

> 会不会有一颗星
> 沉落到我的位置，去抚慰大海？
>
> ——雅克·杜潘《对自我的遗忘》

重新攀爬，重新拒绝恶的叙述。
我醉心于风景里的绳梯，火簇
燃向未来，它抚摸并保护人的
潜力。新站台，雾中眼睛正在
因热情而消失，谁还在拷问水？
不用说出假肢，不用把新天气
拆毁成疲劳，手反射所有遗产，
大地的边界被花朵淹没。长长
骨骼的一端，蓝色钟声沿遗忘
飘荡，故事仍会在相信的土壤
里生根。还有什么能将蚯蚓的
判断引导给我？让我借它重回
极端的翅膀，填补信心和勇气。

追寻词语和精神的水源，并和
岩石争夺名字。如果无法参与，
如果想象被囚禁，那就让我们
降落到所有悲伤贫穷的泪水里，
永栖于大陆忍耐和宽容的手臂。

汤瓶柔巴依

一

你，辨认的器皿，生与死的器皿。
我的母亲，从祖先的雨水里舀出
最新鲜的一瓶，递给我，今天是
古尔邦，我也将洗去尘埃变得洁白。

二

最亲爱的人们围聚在它的四周，
这枚铜器，我常听见它腹部的蔷薇。
多少体内的裂缝，都需要它
在每一个寂静的日子里来弥补。

三

乡镇集市上，黝黑女人咧开她
被男人打伤的嘴，温柔兜售着你。
她坐在一堆批发来的汤瓶后，蓝天
使全部金属的光都反射到她的身上。

四

再洗一次吧，疲倦的人！

再接受一次这无限温柔的赠送！
我从汩汩水流中听见你隐秘的合唱，
痛苦的雪夜，我因爱而崩溃。

五

从西部亚细亚漂流到它的东方，这
形体塑造出文明的嫩叶，幽灵般持久。
猎人、麦客、皮贩子、羊把式和农民，
他们在每一日紧握它而谦卑生活。

六

汤瓶，汤瓶，你创造了我体内独特的
一景。那天鹅的长颈连接我
全身的血脉，使我不至枯竭，不至死。
我桃花的一生都将在你的唤醒中度过。

七

在那些牛羊牺牲的上午，我常抱起你
将大人们沾染血迹的手，一点点淋净。
它们混合着，缓缓渗进黄土，就像
一代又一代人类，躺入我们的脚下。

八

当我再一次见到你的时候，我必定
浪游而归，携带满身冰雪和枯叶。
那时，我们将永远拥抱，合二为一，
水我，水我，即使干渴，也要清洁。

所爱与所写

清晨，窗外，大风
你的脸正降下未来的尘埃
十八只麝鹿惊醒在雪海中
什么也不是，而是昏黄时的反射
杨树叶绝命般扑簌，浮荡的光波
你取下它——那不确定的损耗
一次木马般的旋转，在海上
掀起阵阵美感的猛浪，比月还痴迷
于是，你凭借启示进入爱的层界
一场闪闪的覆灭——创造般的骄傲
显现在少女的额头
你的敏感、矜持、内心的狷狂
使你毁灭，又战士般醒来
于是在此地，一个人在他自身中降生
泛着梅花的颤抖，孤洁如血
所有字与字的组合都是隐隐的撕裂
而它绸缎般的响声一直回荡在你的体内
创造出比四月还灿烂的消失——
更高的爱，之后死去

墓园记事

——赠刘阳鹤

我们不过是一个个光点。

——奥克塔维奥·帕斯《四重奏》

上

在西北部的中国，日光惨淡又迷离
无数的松柏与荒草，在风中如灯火般摇曳
十一月，悼念的人纷纷从湿软的泥土里长出
微小，如灰白的蘑菇
他们手中布满银色的根须，带着新生的哀痛
云层下，河流与山谷的佛窟渐渐远去、冰冷
我们攀上那道漫长的石阶，看见他们跪坐在
比草丛更茂密的石碑之间，援引一本古老的诗集，生活
在移动的雪景下，发出无数微弱的呐喊

中

空旷、寂静的国土上，长满了失败者的墓堆
凭借一支生命之桨，我们渡至此地，加入进来
变为这条来自远古的链条中最渺小的一环
喜鹊如彗星从头顶掠过，带着疼痛的爱意
如若无人再次回忆，一些事物是否就此与我们永别？
（这真遗憾，如快熄灭的火种痴迷于闪烁的瞬间）
我只想走入更深处，沿着小径去发现更多的
细节：亡故的，词语的，已冰冻成结晶状的细节
在绝望的冬天
我们从寒意的裹袭中感受到彼此递送的温暖
“它把我们抬升到我们之上”
并在最隐蔽之处打开了一扇门
远与近、无形与有形、可知与不可知的
统统都冲散出来，形成一道轻盈的亮光
投射在此地无数的卵石和雨滴之内

下

除此，我们只有沉默：巨大、炽热
像一股穿透银河系的力量，在墓地的中央
聚合为一种无法捉摸的情绪
它使我们形成三个扇形的镜面，相互重叠又对照
以此寻找那道最终的天堂之门
云雾弥散之际，我们终于走下雾中的山峁
去契合蠕动的人群
他们穿行于清冷的集市
用缓慢、温和的语调说着憨厚的笑话
而他们背后，一种伟大的力量在有序运转
就像新生的冬天、手掌和露珠

游仙诗

雾月夜，二十四弦奏苦心
明光闪闪，这难以寻觅的真人
在梦，在物镜内，挑选你
四万万雨滴入金目，成为先前之水
你，一道例外之光的末尾
在星斗之间掘取句群的甜
紫马与飞萤，停驻在郊外的河面
等待此刻之手，沿着万物金色的遗迹
在众人炙亮的大渴望中遨游
哦呦，你看，那虚幻即真实
群仙之草，葳蕤如命
胡达的谦逊者在乐园内宴饮如雪

然而，在这一切超绝的完美中
只有你，因为爱而感到隐隐的缺失
那无限飞奔的人，是他唯一的他者
成立于野火和爱欲
在远巡之中，你发现更美的
是柚状闪电中，另一个挺立的爱人
赤裸又颤动，带着最后的雨季走来
成为你唯一而永恒的胜利

篝 火

——给宋阿曼

丽人啊，你莫生气，我带来布哈拉之光，我是明月。

——塔吉克民歌《古丽碧塔》

我冲下夜色中的楼梯，恍然间
看见你在对岸的雪脊上弹奏冬不拉
友人在召唤我，而你明亮如河
八月的山谷充满绝望的情欲和爱
他们踩着盲目又伟大的舞步，在一座隔世的
火影中，重塑那昔日辉煌的哀感
你靠近我，以你穿透山脉的乐曲
将我隐没在一场星辰绚烂的露天晚会中
那些游移的风景、灯光和人，使你
变得如昨日般炙热
我该怎样去说出我内心中对你的热切
夜风使人觉得寂寞，他递给我一件外衣
而你仍在那纯洁的季节内注视我的溃败

在诸神的山谷，我所期待的正慢慢毁灭我
火焰与星云在你的目光中重叠
在此之前，我一直无法被另一个我所完成
无数冰山融为命运的水珠，沿着空旷的夜空
从山顶流向你我紫金的体内
你看上去，像一道洁白的闪电
在月光与月光之间，那唯一的爱人
正向着熄灭的一切走去
我该如何挽留你，无数的下沉的你
在我的梦里又创造出崭新如圣迹的消亡

砂丁 》

1990年出生于广西桂林，北京大学文学博士，同济大学人文学院助理教授。曾任同济诗社社长、北京大学五四文学社社长，第28、29届全国大学生樱花诗歌邀请赛创作组二等奖获得者，出版有诗集《超越的事情》。

郊区生活·8首

/ 砂丁

郊区生活

那些管道林立的夹缝里便是他瑟缩的空间。
或许并不瑟缩，还很敞亮。二十岁，暗绿色的廊道里
身体的根茎曲曲折折生长，绕过穿黄的、穿红的
他有时是这座城市西北部的蓝，比蓝天还蓝，把地图上
每一个看起来遥远的地名，牢牢吞咽进热气未散的食物
　里。
也并不悲哀，日子正茁壮，晚风里幢幢屋宇的巡游
也不会打散那迟来伶仃的漂荡者。小食店四方声音会聚
男孩们谈论自家姑娘，又意兴阑珊地转向你
啤酒与文身臂的招呼耗散在红灯笼和塑料霓虹灯
丛林般喑哑的殿宇里。在天风敞阔的晒衣场
女孩们谈论海鲜炒面和皮皮虾的正义，男人们
轻捷地拍衣，说起老家的小孙儿上了几年级。
他也会招呼他的同伴进你的院子，光膀子的北方人
抽烟，把烟花也吐在剥落的门漆、垂落的植物与
被雨水侵蚀的电动车布满泥浆的夹角里。潮热的
床被也令人眷恋，方言并不是衰老的，并没有
一再地掀起他生活中浮沤的躯壳，每一次北方河流上
带着心事的漂流，是否会剥夺他昏光中勃勃的立举。

多年的爱也倦怠，也在久夏的雨水中轻巧地打着回旋
五环，六环，夜晚高架路上跋涉而过的汽笛，他也
分不清置身在哪里，用一个一个陌生的地址，丈量
城市边缘的血管和条条道路的分界。郊区的生活都是
一模一样的，他想起乡村里正值丰年，出嫁的姊妹
带来另一个乡村衰落的信息。大片的麦也在地里
恰如大片的衣在城市遛弯儿的小广场上轻轻地飘浮。
他会迎接这新时代，在陌生人身体的轮廓里辨识
他生活中的方位：他的毛发是城门，他潮湿的
胡须里有护城河的水，他的喉结兀立如景山
挂甲屯的亲人啊，你背脊起伏的弧线也像是
万泉河半干不干的河道，也像是夏日里
无辜地淋雨，你也是你自己透亮的心。

蚀

他并不知道该不该去那个地方。
摇摇晃晃，颠倒在乡土流行歌曲
塑料色的人造灯光中。三个人
心不在焉也并不是为了伶仃的痛饮。
他好不容易穿上这一身，把劳作了
一天的时辰，细分成方言的寒暄
格言的辣，浇花女园丁葱茏、单调的羞赧。
他也带着气味而来，旋转在落单的
单身男青年后面，用卫生纸反复
擦盥洗室肮脏的墙面，在油污的镜子前
打理借来衣装的熨帖与完整。有一些
隐秘的角落属于他，但更多的女工

迎上来，她们拉拢他不合身、过长的
臂袖，故意围着他，佯装喝酒、唱歌
争风吃醋，又迅速把他抛下，莺莺燕燕
团聚在新的人、新的马赛克出租房
每日变换的生疏面孔之中。这些女孩
有的是手段，年老一些的工人说
她们会为了自己而使出浑身力气。
但她们一下子泄了气，又像是要故意
捉弄自己的残忍，一个一个，身体
叠在一起，口红模糊的印迹，也叠在
渐次隆重起来的、飘摇的鼾声中。
有人在生火，重启油炉，那从光影
幽暗的角落里蔓生出来的，轻柔地用
普通话问，我能吃一些吗？我能喝一些吗？
他们刚刚度过一个完美的夜晚，他
他们三个人，他并不希望这样的时刻
被毁掉了。窗外不知是雨是雪
油镬气很重，吃酒已无心思。

旗

更像是两个在野地里巡游而
失去了联系的人。浪被激起了，金色的
荆棘的针芒刺过他们淡紫色的皮肤。
这风凉的气候，似乎在更远的一点地方伸展
路隐没了，蜷伏的斑鳞卷起周身密集、伸缩的孔洞。
他在哪儿，你问我，他们曾平躺过的
江边的野地里，他们曾跳跃过的溪流的中央。

像两个桀骜、戏水的人，从更深的泉涌里
像赤身的海，在暝色里汇集潮汐般动荡的火焰。
有一些人沉默，有一些人把遥遥的晚灯点起。
远山浮起安静的轮廓，四野莽莽的低语
把人间的事情轻柔地压伏。有一点点的声音
坐在稻浪的针尖上，从更深的地穴里卷起、铺排而来。
终于，他们在野地里打起灯笼，火光映照在
昨日不曾亲密的脸上。他在哪儿？你问我
试探的语气里有惘惘的不甘。奇异的
是这郊外有无名的巨大，把人的渺小松松地压垮。
而更多的火把燃起来，那迎着风帆的
是火和海的旗帜。他在哪儿？那消失不太像是
真实的，远处的声音也仿佛悬浮在半空中。
更像是两个从未相熟的人，也不赶路
把黄昏和暗夜交错时窸窣的扰动
聚拢在这无人、静谧的山谷。

倒春寒

夜鹭在低空里打着涡旋
风把滨江的水雾吹散又聚起。
从新江湾到杨树浦，一路
花时正好，散步的人，跑步的人
那角落里横斜身子的，望天
短叹，有人放风筝？轻巧的
或也惊警地站立，一些人
坐在潮湿未尽的草坪上
一些人抽烟，煲电话粥。

或前或后，骑车时他倏忽地
停下，又在呼哨中影影地
翻过身来。你呼吸中犹豫的
样子，像把从婴儿到壮年的
历史，轻巧地跨过一生。他爱
就爱所有人，把河水的响动
也搬过来，那山的轮廓
耸耸如震宇。快快！
从昨夜赶来的人，袖口
单薄，在春雷里啸聚，却
开胸膛，敞臂膀，把针尖般
奇异的幸福，孑孑地系在
玲珑的腰上。太阳也张开
风帆，迎面而来的人
含江衔鱼，巨立如鹤。
长长的一条水也收缩它开阖
逾越的幅度，鹤也低吼
也沉溺，在动荡的波光中
翻转身来，从羽毛到鳞甲
若有天旋地转的那一刻
寰球的凉热也经同此身。

牛羊下来

过了隧道，暗光里秘密的
游行，便止于下山的十字道口
团团的灯火围聚了起来。往上走
穿行于三角花园，收回威海卫

纪念塔，平旷起风的老港市。
大排档，渔家的招牌上
明摆着平价海鲜，上个世纪的
旧商城，门帘半卷，守着它
无辜、萧条的门面。三三
两两的行路人，跳上公园边缘
曲折的台路，又上天桥，消失在
山壁和小旅社花木勾连相通的
清洁廊道里。过北山，左右铁门
大锁，公共汽车靠站，英国
领事馆透出冷白、不容商榷的
褚褐色严峻来。终于来到山间
那不长、短短的一小段平地
衬衫半开在风里，手里的易拉罐
不知不觉被扔掉了。这里呼吸
清癯，细瘦，从不想念任何人。
漫步的情侣，海钓者，从不曾
落单的、聊天的年轻人，放
风筝的，跑步和骑行的，附近
遛狗的太太们，有些羞赧地坐在
广场上，弹尤克里里，唱歌儿
被更年轻、更没有心事的
本地少年人围观着，都下到
滨海的滩涂和堤坝，在高山街
在被建筑物围起的，四时风
会聚的小小坳口，牛羊
下来，鹿也下来，坐在市政府
执法大队巡逻车后座，看

短视频的年轻警官也下来
酒吧里黯淡的歌手下来
小书店老板下来，穿棒球服校衣
扣鸭舌帽、打篮球的男学生
下来，鲸也下来，这风里云里
散漫开去的紫霞色的天然水彩下来
祭海的人下来，五花马下来
渤海湾的一白一浅
一蓝一淡。

远　足

一路穿行于城市的郊腹
那些长久惦念的，又再次
熟稔起来。连绵起伏的山
山谷里隐约错落的小庙
无边的溪水、蜻蜓和稻地。
南岭峭拔的风景里散发
熟透的瓜果爬升、沤烂的甜味。
有小孩子游泳，招呼路上的
行人们看他。手臂上有
刺青的年轻人，顶着烈日
无目的地盘桓，大摇大摆地
丝毫不为他们漫长的无聊
感到羞愧。夏天的藤蔓
生长，空气的确是清新的。
车里传出讲鬼故事的讪笑
男孩抓女孩的衣领，伴着

冷酷、嘲笑的声音。女孩们
下来了，戴墨镜的女孩
找不见卖饮用水、小食品的
店铺，又折回来。非常多的
小孩子从河边呼啸上来
停在车窗前向里面张看。
去年春在鸡鸣寺，他们怀着
远足的心情，看小池塘里
还没长开的荷花，手指尖
重叠的稀薄云色。他们刚到
这座城市时，都不是
为了对方，寥然地在城墙下
走一段路。洞开的门野
也好像变得很清凉，带着
湿温的雨。在清凉寺，你说
爬吗？我们就爬上去，再到
石头城，绕回到公路上。
小孩子们走了，他下车
在乡野里从南到北地瞭望。
一座一座的孤峰连结着
他们，又或是连结着
他们之中的任一个
联结着天和地。

野　游

至少连成一线的模糊让颓萎的绿、冬天的
花影和菜田，收拢在一个圆筒状的罩子里

天地一下子变得开阔了。他们站在流云下面
满不在乎地谈论起一两个朋友，袅袅地抽烟。
衬衫系在肚围上，手臂上的汗毛迢遥在金光里。
这是他们第一次开车去乡下河边，在郊区公路很小的
加油站上争吵。那些动荡的快乐像过隧道一样
让人想起过往散漫的手势，多少带着细小的野蛮。
一些言辞不具备的、过于稀疏的，丛林一般
将他们胀满。他们在大学边上的小咖啡馆见过几次
相约周末去拍些照片。两个人，不多不少
又或是三五个人，重复一些相同的动作
头发长长地披散下来，逆光里的脸庞
被柔和蓬松的曲线穿透。那崎岖不平的
小小试探和冒险，在运动中，被垂直的空旷
慢慢展平。正是倒春寒的时候，广播里
反复播着三峡工程，殖民地
回归，他们散落在汽车后座上的
不大不小的爱悦和撒谎，轻佻佻地
又漫不经心，烟云雾里的一次拽紧。

见鲁迅

在这条狭窄而过于清晰的马路上他们战栗。
或许是因为寒冷，他们就分开。他们找鲁迅先生。

走得太快，就错过菜市场，污水淤积在本就不宽敞的
人行道上。五金店，修车铺，大概是三十年代，年轻人
从四处来，敲门，包南方人不常吃的饺子。

十一月，水果摊上的冬枣已上市。脆而硬，他常常
想起哈尔滨。几月几月地不洗澡，累了就倒下，互相捉
头发里都懒得跳出来的虱子。

有时候难得有点闲钱，他们就把中央大街
从南往北走一遍，太冷了就忘记吃，就不记得
半热不热的肠面，俄国人开的面包铺。

他记不准鲁迅先生的住处，每一个门牌，每一栋楼
都不大辨得清明。有时候他们学着这城市人的打扮
却总也学不来他们迫促的口音。

他走在前面。他抬头并且张望，他不问人。
后面的低头走路，踩路上顽皮小孩丢下的橘子皮。
或许有别种爱，千辛万苦，从身体里剥皮抽筋褪下来的。

你知道的总是比我更多。你容纳的肺
热烈、滚烫，而我则是冰凉。日已将昏，巷口传出
油腻腻的香味。鲁迅先生会出来迎我们吗？

他们逐渐放慢脚步。冷与饿，清清白白的外乡人。
冻得直哆嗦，牙齿打颤，他们就数数字，跺脚，把胳膊
伸进袖口里去。从东兴顺到欧罗巴，他们把薄薄的外套
  穿得
又白又旧，他刚刚理过的头发是全新的。

好像近在咫尺，好像很快就能拥抱，进门
吃一桌丰盛的饭菜。借着酒劲，人就无辜起来

不去理会广平和海婴，我就把新买的围巾拿给鲁迅先生
　看。

最后他们连搭电车回去的钱也用尽。
就这样挥霍一空。他们拉着手，手也是冷，胃
也是冷。在哈尔滨，他们手牵手在雪地里跳俄国舞步
他那样年轻，有硬的胡茬，心里总是暖热。

周幼安 》

本名周子菲，1997 年生于辽宁锦州，同济大学艺术学硕士，现居上海。

暗夜的舞者·10首

/ 周幼安

古镇帖

为了短而再短的风光，
我亲手典当了
贫妻腕中一对玉镯。

其实能依稀记起，
暮色踩在石板路的响动
和女人年轻时
用赤脚表达散漫的习惯。
昨天应邀出庭作证：
一个不幸者，
早已在淤泥中凝视我们。

微缩运河丢失了它的船夫
亦如我，丢失欲望
物哀
如枯岸杨柳。
我，漫长天赋的继承者，
最终在游人如织的季节分裂；
危机与热闹

盲目塑造了我的两面。

如果还有方式能够纪念
灰白色中，唯一
可以分辨出的闪亮线条。
油炸摊位前，总有人莫名怀旧
试图用语言
提炼出另一种碧绿。

造物术

新的，并不一定。
或许只是寂静
唤醒脚趾、木梳和早餐时的善变。
此刻房间里正在上演
某种回春秘术。

这本是时间
欣欣向荣那部分，
她并不满意，犯了公主病
偏要明白暴雨和坏掉身体的联系；
而锈掉的声道，
令电视倍受煎熬，
说它听不懂的语种。

多少年了，她的疤痕还没愈合
依旧相信有涂改
履历的可能。

她的指尖依然泛红，带有
某种偏执之力
命令喜鹊扑窗，河清海晏。
樱桃保持半熟颜色。

最后。
唯独春天的格律不可控制。
风和日丽时，风筝的线
有时像她的神经荡漾，
欲腾又止
或是欲疼不止。

良　夜

一个素未谋面的朋友，一道裂痕
正颠扑着从镜中脱身。
彼时我们共享良夜，以光饲虎，
先于伤感一步抵达明天。

荆棘色的战争尚未结束。
你是不食周粟的人，与我同袍的人
反弹琵琶的人。今夜灯花剪尽
我只能将自己彻底打扫

状如空杯，必须等待你来装满。
“……诺，这么多年了”，你几乎没什么改变
仍在用文字砌墙，喂马，
雕刻真理。“从完美技艺中逃生……”

生还的期待是一枚果实。我们还要
前行，和陪审团谈判。
付出灵魂的砝码比肉身更多。
对于昨日而言，我的熄灭比我盛开更多。

亲爱的狗

小狗。把你掉落的
幼牙给我。那些关于年龄的配饰
也曾经与我讨价还价。
付费过后，乌云会带来疾病
烦恼，一丁点享乐。

小狗。你的嘴是无序的热浪，
在田园里发芽，长出整片赤道
神秘的雨林。那么多食物
不过生态图谱一页。
我无法给出你，模拟祖先的理由。

小狗。不能做一个耽于享乐的人，
也不能，试图成为一只
牦牛腿骨的内核。我们之中
某个碌碌无为者
常被你活泼的进取心惊扰。

小狗。关于垃圾桶的审判
结束后，你趴在窗前

目睹一只野兽可能心爱的世界。
不知是否要高兴，
你也学会了人世的规则。

暗夜的舞者

要把所有灯都打开，
对吗？城市立交桥下
她的裙边突然花瓣状散开
声音从褶皱间滚动。

生活的真相于此开始。
长柄探照灯，看清卖菜归来后
两张耗尽热力的脸，
正全力回忆起另一种天赋

颠倒所有暗夜的支点。
她比他更加明白这种能力，
所以首先感动，次第
漫延地旋转，依靠永恒的轴

与他保持联络；他们擅长制造
亲密的手掌，坚固如堤
不断调整着波纹
在轻盈中进退的惯性。

仿佛一根隐形绳结两端
摇晃的星球，他早已习惯跟随

她历久弥新的圆润，
三十年，此刻，无比遥远的

幸福出人意料的光泽，
成为舞者跃然以纪念爱的专利。
他的轮椅离开身体并
举起全部：用曾属于过他的脚踝。

为小雪而作

1
十一月廿二，小雪节气

2
孤身晨起，目睹懦弱的哭声
在四面雾霭中逡巡
一种惭愧不辩的雪意
只是做出等待
只是端详着忧郁

到底是谁弥散出
如此单薄的情调呢
废然的天空，潜水艇般悬停
看不见丝毫
年味迫降的喜色
始作俑者，出于某种失传的信念
他的野心为难了我

3

想象有什么正穿过云层
也穿过人群，拨弄杂乱无章的交集
那雪线无限度逼近我
几乎贴面，几乎于崩溃中现身

4

对待隐身的客人，或
独居穷乡，避世的幻觉
理应献上一次舍身

泼墨为时令，印出鸿爪
在语言容忍的层面
做点雕虫小技：我留白屋檐
和我一颗乏味的心
却无意压熄烛火
风从古晋士的衣冠冢
吹进桦树林
我刚在昨天的风中哭过

5

一时间，阮籍的哭声
申包胥的哭声
仓颉的哭声，逡巡
在四面雾霭织就的暗室
寒冷越下越大
施压，把蜃楼碾碎

我祭奠所有雪灾中遇难的人
并摸出一方空的墓碑
填上我的名字

6
我近在咫尺的
喝汤取暖的远邻们：
田地仍有新一年需要耕种
雪下与不下
只是有无的分别

草原回忆

突然想起这件事。所以，
好像没有什么前因。
没有剧务也没有手电筒。
我打开抽屉摸索细节，
仍为我的分身在场感到吃惊。
先假设那天是星期六，或者某个假期
开启前，天空纯洁到失去方位，
同行的面孔，满是明快的彩痕。
前往草原的路上，学习一部公路电影
我们用汽车的轰鸣声阅读，
“八月的草原上野花一片”
然后绿的温度，蝴蝶般扑闪过来。
你坚持抚摸猎犬，并让我按下快门
太奇怪了，那张速成照片不在我这儿，
但你与短发并齐的笑容，定格

在我的身体：原来一个女孩的天真
也可以由另一个女孩来说明。
梦中的草原陆续降温像蜂蜡凝固。
如今，我已经更换名字，试图
推演新的人生。投笔入水中
或将其称为使命，直到复述缺乏纪念物以
抗争遗忘的我们。想象与回忆对峙。

植树节后

现代版刻舟求剑
发生在每一年植树节后。
想象中的庭院，郁郁葱葱
有丝绸般柔嫩的和谐
树木坚实、富有，值得依靠。
我能够对树祈愿，令它默许
一朵消瘦、刻薄的爱情
绽开在抑郁症后期
犹如城市的雨季，在枝头涌起
整座花园颠沛沉浮的波涛。
我越陷越深，险些被童年绊倒
有什么人永远躲在树里
顶着小小的眉眼，假的桂冠；
那个我八岁，身上
还沾着过期的冰糖味
不懂如何用满树枝繁叶茂
掩饰岁月无止境的疤痕。

郊　外

从树到树。从工厂小径
走入一片真实荒野
只有那天，他顺着烟雾踽踽独行
不再期待得到某种指引

在亚麻色的芬芳草地
沉淀的清凉，过滤如新生
时间的开发者，锻造工业金币
早已习惯了三五成群

所以，只身漫游到此
与宽宏对视，他掐灭烟头
空着手。说一场满怀疲惫的欢爱
大笑，很快又将回响忘记

他琢磨一块石头
投向旷世无人的水杯
那天下午，湖面尚且不够坚硬
不足以被暴力摧毁

八声甘州

谁能给我一个恳切的许诺？
从杭州，与参寥子辞行
我被逐渐剥落，如庙宇红漆

露出尽显慈悲的“元”，
后来我短暂扮演过鲁滨逊
把守小而精准的岛屿
那不过，一个解闷的虚拟角色。
但我是真的。凭政治旌节
抵达权力所能规划的
最南极，那里遍地有酷暑讨债
没有笔墨，没有乡党。
对此我应该感到高兴，你说呢？
生活成为一道填空题
不再有存疑选项，或是针对
老鳏夫捕风捉影的流言，
他们习惯坐上赌桌，而我被洗牌
在山水之间哗啦作响
当作船来谈论。那大概是一艘
刻在核桃上的船，束手可作案观
不必过问白头鸥的心事
也无法扬帆，兑现东还海道的诺言。
实际上，你我对坐柳浪的午后
命运的斑斓相互递归
在盏中涌起泡沫，我开始等待衰老
随层层卷浪，反反复复消磨
只剩岸边一副骨笛的簧片
当你想起我，春日便悬浮在空心之湖
泄露空翠烟霏下的隐隐闪电。

述川 »

1992年生于江苏常熟，毕业于武汉大学。作品散见于《诗刊》等，现居北京。

乌鸦飞过东四十条·10首

/ 述川

配钥匙途中

天光被集体发配到正午
鸣笛声刺向平日木讷的红墙

天桥在脚下隆起，像临时的祭坛
我要到马路的对面，去寻回

旧日爱人：一缕严丝合缝的声音
黑暗中无序的肉体反复磨损出

生活急需的信任。没什么异样
除了我丢失了一间房屋的所有权

以及更多细小的锁，它们通向
诸如拧开牙膏时的秘密螺旋

上升，似乎有东西就要涌出
一切都在明言：无法再次进入

曾经的居所。风踏过新绿的叶子

在后视镜中一闪即逝——

我攥着一把复制品，竭力躲避
这垂直时刻降下的诘难

乌鸦飞过东四十条

阴沉的天空响了一声乌鸦叫
只有它能看到晚高峰

光秃的头顶

没有什么新鲜事到来
变换的只是不断淤积的车牌号码

一只乌鸦飞过东四十条

黑色的眼珠里映出森林的图景：
无数队蚂蚁正在拆解鱼鳞

永恒的黑色伸展开手脚

我的心底忽然涌现出几滴往事
又迅速被鸣笛蒸干。看，垂直的玻璃湖面

乌鸦无法在上面投射出它的影子

而我快与影子无异。黄昏将人拉成

一根细针，斜斜地插入红绿灯的间隙

乌鸦来回地穿过你的针眼

它在找一截
　　　　覆雪的松枝

出殡（一）

所有人开始围着你的小房间
转圈，仿佛滚动的蛹，却没有新生。
只有一格天窗，开向我们这些活在外面的人，
死亡仿佛月光，寂静坐满了你的嘴唇。

我知道黑暗里有什么。
一根拐杖，你常穿的中山装，
年轻时候的鸭舌帽（我还曾见你戴过），
更多你也许用得上的东西。火焰是唯一可托付的邮差。

何去，何从？我们日里叠金箔，夜里叠银箔。
金箔叠成金舟，银箔叠成银舟，此刻都泊在你枯萎的岸边，
你做过船工，在病榻上向我讲起，我想递出手，我想，
　你会登上哪条船？

唢呐如号。抬棺人解开船锚，我们就被抛在了身后，
屋顶远了，路牌远了，白色的夹竹桃远了。他一层层打
　开套盒，
他越升越高，直到听不到地上的哭声和口角。

出殡（二）

偏头痛爬上
白色的女儿，她刚哭过一场。
有人来吊就要有人去哭，
并在眼泪的间隙记下礼金。
来客一声叹息，汇入
近日的新闻。

请来乐队，请来道士，请来
好评的哭丧人，腰间别着
悲伤的扩音器。
悼文有些唠叨，你只能
忍受，燃香的灰灶里泛出
老腰酸。

路上不愁盘缠，连欧元
都厚厚一沓。（看来
是真要远行了）
匆忙打点衣物，
黑色的行李箱上还留着
建议零售价。

塑料花团锦簇，都是
孝子贤孙：要经得起别人指点。
把程序认真走完，磕过头，
在哀乐里起身，捧牌位，

扛花圈，撒黄纸，
悲伤各司其职。

“雨过天晴，真是个
好天气。”公路旁，
夹竹桃泼洒出浓白，
不像身上一次性的丧服。
且在鼓点里打盹，留着力气
算账，等夜深人散。

人们熟练地操办这一切，
最终却无法为自己
尽一点点力。

我准备出门去买些土豆

我准备出门去买些土豆。
货架上，挑剔的目光
正在黄皮肤上逡巡。
没有人在意过往，
它们如何被刨出、装配，
运往每日菜单。
想象中颠沛的一生，
售价：0.98 元 / 斤。

我准备出门去买些土豆。
餐桌开始容忍可怜的花样：
无非是切丝、切片、切块，

不过配青椒、配肉末、配茄子。
日子仿佛散开的土豆，仿佛
土豆表皮上散开的黑点，
而新的土豆依然在加入
这密集的黑点。

我准备出门去买些土豆，
或者是别的什么，都一样。
茄子和土豆的差别，并不比
土豆和另一颗土豆
来得更大。只是忽然看到
今天的夕阳，想它没入冷冷的海，
会不会皱缩成一颗
黯淡的土豆？

我出了门，却不知道
要去买些什么。
风一阵阵吹来，
我忽然滚入
众多的土豆。
尚带着泥屑的沉默，
迎候更高的手，或者
鲜红的利喙。

道旁见杏花作

公路的腰窝里，冒出来两棵杏花
淡粉色花朵挤在尘霾里，热切交谈

它们发明了新词汇吗？
春天，一个大型批发市场，柳枝鼓起
嫩绿的疱疹，在去年的部位

但我还是惊诧于这种似曾相识
这种推动锈躯裂出汩汩春水的耐力
冷不丁一推，让一年生的生命
在早高峰的红灯中飞出很远

重过烟波门

我忽然被一种真实的虚幻包围
仿佛从湖底涌出的，仍是当时的月色
月色照着来往全新的夜行人，而我
冒充其间。十月了，空气竟还带着暑热
风中飞动的衣袖，被门口的电单车管理员喊了
停。是啊，其实一切都在更新，在缓缓的踱步中
我迈过了晦暗不明的烟波门。
有什么不同吗？
亘古的夜色照耀着瞬息的人（而我冒充其间）
我只能问，还剩下什么？除了
这日复一日的涛声。是啊，闭了眼
就只有记忆。我也是这涛声的一段记忆
重复的、破碎的，分发给来往的、瞬息的、全新的人。
波浪里没有更多的故事。它只递过来
月亮大小的一点宽慰，很快湮没在
夜泳者的打闹里。多好啊，还能在月色中

纵身一跃，然后在陌生人的歌声里上岸
就像虚空收回了覆水。可我该回到哪儿去？
要是像远处的水杉就好了，它没有地方可去
只能在比夜晚更黑的地底
挖掘自己的心灵。
那就再站一会儿吧，任湖水
取消自己的肉身，获得一棵水杉
所拥有的平静，即使是片刻。
多好啊，在这崭新的月色里
我将去爱。

松陵镇即事

一场暮春的疾雨把我递给
偏远之地。远意味着
更多的灌木得以保存，星象在捕捉
地图边缘甜蜜的冒险。
沉重地沉入睡眠，我们身体
轻盈，踏水泥的头盖骨借力飞
遁，像栾树叶新泛出电波。
你熟悉羽状和互生，它们铺展开
这个没有松林的城镇，交代出
空荡荡的宽阔，等
晚归人抖落剩余的花。
路灯勉强挤出点显影液，
任凭我们变灰，变淡，消失在
水面：一面旗迅速地更新自我。
疾走加剧了钟摆，夜色被拨至

你寓居的巢，六楼，松陵镇的腰部
并不婀娜。但我们都记得
出门是个黄昏，一颗跃动的心
如何燃烧尽自己，在白壁上
轻轻拓下两个相依的影子。

回乡偶书

一

没有什么比母亲更加依赖我的血液
食物链顶端，烟囱不再吐出青烟般的童年

这沉默的喉咙。只有风
在无休止地散播婚期和死讯
它们都指向同一个地方：我的背面

二

小卖部的老伯已经认不出我，当我去买
白象电池的时候（爷爷的收音机早就换了个新的）

更多的人会把我遗忘，正如我会遗忘所有
如果打开失事的黑匣子，故乡便坍缩成
异乡街道上一朵蓝色的牵牛

昆明湖[1]

湖水把人群层层推开
我们踩着船，把湖水推开

远山来到目前，远山上
的塔尖刺破一滴蓝

音符流出。不必细听
像柳枝任风轻拂

唯一要注意的是皇帝。他
从宫殿中出走，来到

我们口中，往事浮出水面
在身后转动成碎沫

虚无的世界里
我们是实心的桥孔

直到湖水
把我们再次取消

[1] 与午言、陈翔同题作。

苏仁聪 》

1993 年出生于云南昭通。作品见《中国作家》《诗刊》《星星》《扬子江》等。曾获野草文学奖、樱花诗歌奖、包商银行诗歌奖等。参加第 11 届星星大学生诗歌夏令营，入选《诗刊》社第 38 届青春诗会。

描述·9首

/ 苏仁聪

在扶梯上

允许那个吉他手赚不到钱而号啕大哭吧！
允许人们在地铁站卖艺，允许乞讨
允许昨夜失眠的人靠着扶杆睡一会儿
他真的好累，还拉着行李箱
这个城市太忙，我来了
见到和上一次完全不同的人群
他们把我拉上高架，又把我放在街边
他们带着我穿越整个城市
没有和我说一句话

鱼　鹰

这些黑色的鸟张开双翅欢迎我们
它们在主人的船上挤在一起
这是那天下午唯一的黑色
蓝色的是天空，绿色的是湖水和玉米地
这么多黑鸟挤在一起容易让人心生神秘
人们说，曾经有一个人从船上跳下去
捞上一条巨大的鱼，人们说

曾经有个人从船上跳下水
浮出一条白花花的尸体
如果这些黑鸟有一天抑郁了
它们会采用什么方式告别世界呢
哦，我愿意变成这种无法抉择自己命运的鸟
去替代它们捕鱼。

陌 生

总是在人群中听到有人喊我的名字
当我回头，发现满眼都是陌生人
会突然觉得这个世界像是从天空飘来的泡沫
我们沉溺在其中，相互不认识

描 述

凌晨四点在街上散步的人是因为没有地方可去
我看见许多无家可归的人在密集的商品房之间步行
那些急着赶路的卡车快速冲过十字路口
忧伤的代驾不小心撞到另一个代驾的小电车
我看见他们马上就要动手打架
我得离开了，这个城市在深夜开满花朵
一群醉鬼在烧烤摊门口相互送别
暴雨过后的省城在凌晨送来凉风
就在这样的风中我路过好多家宾馆和医院
骑着共享电单车我也无目的地
遇到绿灯就往前冲遇到红灯就右转
就这样我从金色大道来到人民东路

当我坐在路沿写这首诗
那些故事依然在发生，一幕幕
各种无法睡觉的人在一些沉睡者中活跃
当然更多的人疲惫、心碎、哀伤
我是他们中的一个
今晚我们一起沦陷，明天我们挥手告别

生活的一种

终于只剩下你一个人
在大街上寻找荒芜的未来
朋友们在一场大醉后俱散
雪山和经幡将逐渐在生活中被遗忘
那是痛苦的，有大悲伤却不允许你记起
你是怎样变得和他们一样的
你是怎样回到一座城市却发现空无一人
那些曾经使我们马上就要哭出来的景象
也只是多年之后在病床上的梦境
那时你梦见自己孤零零的
刚刚失去双亲，努力在城市中寻找
亮灯的房子。而城市暗下来
只是为了给疲惫的人群一个交代
你还不够疲惫，遥远的途中在你的身体内
重新延展。每个人都有不相似的命运
和相同的结局。
而你只听见汽车在高速公路上滋水的声音
这是生活的一种，司机说
他的压力很大，让你承担过路费

这是生活的另一种。
你今晚将在陌生的四壁中梦见
他戴着口罩的脸在高架桥上的车流中闪现
你努力回忆在哪里见过他，记忆是废墟
你再也想不起在城市里遇到的每一个人

雪　野

这座山曾经放过马
下雪时，马回到马厩
这是二月份
崖壁被冰凌冻松
有石子不断滚下来
危险地，站在山顶很美丽
我们一直在搬家
半山腰上的村庄洁白
外祖父在那里的新房子变旧
楼梯上全是水
而且还有水滴从天花板上落下
我信赖死去的和即将死去的
比如外祖父
当他不再修房子
不再整理庭院
不再谈论伊拉克
说明他以后只关心天国
当他像酒醉的人坐在沙发上昏睡
我知道他在引导我
找到自己的大地

虽然雪下了几万年
可这里依然是新的
新，枯枝也新
东风解冻，我们将看到绿色和新坟
是的，一代又一代
我们的血脉越来越淡
不要声张，让雪再下几年

被遗弃的小石头

我在这里等你回来
你去的地方我找不到，那里没有森林
每天都天晴，单车倒在河边
波斯菊在傍晚被你摘走
大雨过后你的绿裙子仍然在电线上
我想起我们在乡村的时候你还买不起裙子
你穿着紫色卫衣坐在石头上
听我给你讲为何这里的山神是我的祖父
你不相信，非要我请他给我们吹温暖的风
但那是早春，天气还没有这么温暖
我说我的山神不能违背时令
他必须做符合我们直觉体验的事情
我们往森林中扔一个又一个小石头
有些击中树木，有些落在空山中
我听见它们落在石头上，你起身走了
留下温暖的草甸
我又要去那里等你回来

夜晚的离乡

在黑暗中你才能感受到雨淋湿了你的父亲
你不小心摸到他的棉衣，在春天
摸到他湿漉漉的白发，时间拔走了他的牙齿
让他不知道要说什么，他掂量你的行李箱
觉得太重，应该提前寄走一些东西
他以为你仍在一楼靠右的教室读一年级
离开了他就会摔倒在汹涌的河里
可这已是你工作的第二年
生活在他没有去过的城市
那里没有非过不可的河
只有春天我们才会湮没在一片花海中
没有烦恼的时候人们会感到心情愉悦
整晚都在楼顶唱他们喜欢的歌
他没有见到过整月都晴朗的天气
或者下雨的傍晚一辆公共汽车在桥下刹车
如果他看到你骑着自行车在车流中穿梭
如果他看到你的桌子上摆满泡面桶
里面挤满密密麻麻的烟头
他会叫你回家，睡在他的隔壁
而现在，你正沉迷于退去的故乡山河

傍晚的盛宴

我们回忆契诃夫的童年
好像那是自己经历的时光。
现在是一个夏天的傍晚

国道上满是远去的卡车
我们谈起地震，进而谈到那些
消失在夏天的眼睛
有一个下午父亲突然问我怎样写诗
那时他正在同一位广东人讲价
风吹起砖厂的尘土，桉树林沙沙作响
风弹奏音乐，统计局发现我们的外地户口
必须写诗，必须谈起这样的漂泊时刻
超重的卡车替风摇动路边的白杨树
哦，这已是好多年之后，我们各自
在浴缸中游泳，具体的意象
正在傍晚最后的光线中躲藏
多少年华已逝，我的回忆里
塞满贫瘠的人群。沉闷的房间已经打开
数十位饕餮者一起坐下，无法辨认
谁的人生更孤单，谁的呼吸带着血腥
为了进入一种状态，檀香缓慢飘入浑浊的空气中
此时我再次注意到的鱼缸
是我搬进餐馆的深海
一条大鱼正在享用小鱼的腐尸
我们没有打扰它的盛宴，小鱼的尸体
逐渐被吃空，多惨烈的景象
的确，浴缸中已经没有食物
大树被搬走后，这些鱼儿依然在等待戈多
它们没见过大海，却整夜被涛声折磨
真有一种场景让人绝望
你知道，齐鲁人烟稠密
一个云南人的内心却无比荒凉

王家铭 》

1989 年生于福建。本科毕业于武汉大学，博士就读于清华大学人文学院中文系。曾获十月诗歌奖、三月三诗会新人奖、东荡子诗歌高校奖、樱花诗赛一等奖。作品发表于《人民文学》《十月》《诗刊》等。参加过第 36 届青春诗会。著有诗集《神像的刨花》。主编《那无限飞奔的人——清华学生诗选》。

结晶·10首

/ 王家铭

结 晶

我将你称之为“蓝鹊”，尽管只有
尾部的一点颜料，晴天般出现在
去往熙春园的路上。像是浮絮中
伸出一双手把你捏塑，我称之为
“偶然”。校车使劲地拐过弯道，
你仍啄食，直到夕光把最后的
小米照得璀璨。你振翎飞向河岸，
那里蒲草微荡，湿土里埋着暖流，
而我的心跳抑止，确信了“诚恳”。

疏 漏

窗外依稀可见延绵的西山，像一条平线，
但被几座高楼打断，阳光投在那些豁口。
近处有赭红色的屋顶，阴影照在下面
骑车的人身上。他们正穿过紫荆路，
消失于河的两边。附中操场传来
运动会的声音，连水汽也变得激越。
起重机沉重地抬头，在看不见的某处。

侧柏微微摇晃，试图搅扰到这一切。
室内踱步的你我，终于坐下来
翻读了几页文字。如果把手拊在台上，
几乎能辨认肉骨的黏结。万般踪影
仿若家乡的咸橄榄，补愈茶后的干涩。

番石榴

早餐时，才闻到它们的清香，
是从粗粝的表皮挣出，穿过红色
塑料袋，赐福般地，到我面前。
想起睡眠时，这馨气就已经
附在木桌的纹理、光线中的尘埃
和八月潮润的空气里，我像是
坠入了某种熟悉的经验中，
被安全与恒定包裹。然而昨天
我已惊异地尝过这本地的果子，
与市场所售截然不同，来自农家
温良的种植，由某位联系仍频的
远亲带来。是这样小，两指
即可环握，我把它放入那饮茶的
白瓷杯，相信颜色的元素
将留到未来日子。直到那微弱的
凝聚被解散，某一刻回忆起
果皮的酸涩与籽粒的坚硬。

山 羊

河滩的气息，夏风轻快地吹散
到花圃中，到野扶桑晃动的影子里。
一群小山羊沿着缓坡走来——
我不是第一次见到这大地上的珍珠，
黝黑，俊美，似乎都不用抬起脚，
就移动到了河岸。小镇上它们拥有这天地
毫不羞怯，好像世界天然的安全，
好像没有别的声音会从这里发出。
不需要什么努力，它们就获得了
无垠的一天，把过去和未来
取消了的一天，浸透在松弛的风里的
一天。它们吃草，但不停留，
走得比以往更快。听不到叫唤声，
但我感觉有一些漫不经心的词语
被它们说了出来。其中的两只
不时抵住犄角，马上又轻捷地
跃开。这是它们之间神秘的
通话吗？它们是如何把彼此
置身于那瘦削的淡影，不用投去
任何修长的一瞥？围墙隔开河岸
与江滨路，我没有试着离它们更近，
去摸摸美丽的脑袋，或者蘸一蘸
湿湿的唾液。我看到最后面的
小羔羊摆了摆尾巴，扭着臀部
快快地向前，消失在河水尽头。

好像在一个闪念里，这些画面变得
不真实——我处在善良、空虚的愿望中。

窗外传来南音

南琵琶横抱。山色写入蓝靛，
晨光中的讲习所，少女滚烫的
脉搏。芹菜叶子，东市场曾是
它的家，蔫在青瓷色阳台。
“有心到泉州”，她为你弹起
清凉的《梅花操》，成为剧团里
分神的那一个。下山时竹林
正把杨梅山笼在一片欣喜中，
而春祭的唱词把小黑羊引到
溪边，消失了淡影。藤与门，
一把茼蒿，红菜团子，三五斤
蹄骨，萝卜糕与海蛎煎。洞箫
声里踮脚看谁做表率，俗务中
挣出来，彩色，解构，骚动的，
看她如何在菩席上为你设考验。

三都澳

轮渡驶出下午的天色，像从
海水的颜料中，蘸了微微的一笔，
给我们心头绘上螺纹般的线描。
身后，远山被一桶清水淋过，流屿
是掌心的微火。恍然回到

漕运的年代，船工开斫、补漆，
而枯荷如愈来愈多的记忆，
风景的负担。马樱丹指引岛上的路，
公馆楼和修道院，雀静中鲜绿，
年长的姆姆在露天花园里
梦见远客。想军舰驶出白练，
是稍息还是在晚祷的时刻？
从海上渔排遥望贵岐山，风的
冥思，以及厌倦，都被熔岩理解了。
岸上枇杷，曾露出黯淡的一瞬，
当它的绒毛擦过我们茫茫的情绪。

在嵩北公园

请跟随我，在前寒武纪时代
一点儿油迹洒到的衣袂里，在岩层进化为煤炭
野獾出没在积雪的奇迹中，那新踏进的领地，
山韭和嵩刺蒙住了邙岭的眼。上坡的路，
那是我们的虚荣，像一曲挽歌被琵琶弹奏——
她呵气的动作，仿佛在河床里摸到了鹅卵，
提醒山顶微寒，耐心要被消耗掉。
于是松果滚落我们的脑海，快步向前，
追上想象中的
自己。剜开来白石流淌的路径，在摇摇
欲坠的嵩顶北坡，危险的高点，
梦的止境，和峰杪一道克服恐惧。
然而我的一生不是第一次
登临，今天终于被懊悔侵占。相机败坏了

我们的痛苦。至少是我的，体内的草垛，
残茬围成的盛宴，对命运的揣测无声息，
无可望尽的远山包围了村落。下山经过道观，
藜棘钩在裤脚，奔涌的琴弦，早已回到人间。
返程的列车呢，我跟随你。何处停靠，梦无声奔驰；
等小雨初下，有多少变幻，远远超出了
我们知道的世界。

在海淀教堂

四月底，临近离职的一天，我在公司对面
白色、高大的教堂里，消磨了一整个下午。
二层礼堂明亮、宽阔，窗外白杨随风喧动，
北方干燥的天气遮蔽了我敏感的私心。
——我不确定自己是否用对了这些形容，
正如墙上摹画的圣经故事，不知用多少词语
才能让人理解混沌的意义。教会的公事人员，
一位阿姨，操着南方口音试图让我
成为他们的一员。是啊，我有多久没有
参加过团契了。然而此刻我更关心这座
教堂的历史，它是如何耸立在这繁华的商区，
建造它的人，是否已经死去，
谁在此经历了悲哀的青年时代，最后游进
老年的深海中。宁静与平安，这午后的阳光
均匀布满，洗净了空气的尘埃，仿佛
声音的静电在神秘的语言里冲到了浪尖。
这也是一次散步，喝水的间隙我已经
坐到了教堂一楼。像是下了一个缓坡，

离春天与平原更近。枣红色的长桌里
也许是玫瑰经，我再一次不能确定文字并
无法把握内心。我知道的是，
生活的余音多珍贵，至少我无法独享
孤独和犹豫。至少我所经历的，
都不是层层叠叠的幻影，而是命运的羽迹
轻柔地把我载浮。此刻，在海淀教堂，
我竟然感受到泪水，如同被古老的愿望
带回到孩童时。或归结了
从前恋爱的甜蜜，无修辞的秘密的痛苦。

初 春

穿过梅园开了一季的浅色，
我们踏进草地眩晕的深里，轻盈
并且溢满了。所有多余的事物
也不能使我们分心，所有遗落的念头
将被重新记起。而谈话的盐粒
要在颤悠的声带上走，在你发梢的
海洋里结成冰晶。无预兆的
这法国梧桐张扬着，像是透过了
器皿的裂缝，让夜色从尖顶泼下墨来，
我们却知道，一阵风可以刮跑它，
正如一次呵气可以让脸颊更凉。
最后初春的味蕾，草木露珠
抱紧了膝盖，低头，呼喊而飞转，
我们却消失在时光的阅读中。

东　湖

——给黎衡

三点钟，冬日晴朗的一天，
我们出门，珞珈山
突然像针尖一样闪亮，
刺破了东湖满身的湿气。
如你所知，我们正重新成为
昨天散步的人，重新拨开湖边
那雾水织起的门帘。因此当潮湿
漫溯到我们的身体，你我又变成
任意的两颗水珠，分享着东湖
这失眠一般的安静。
我们走着，湖中心开辟出
漫长的甬道，给城市的灯火
覆上一层薄膜。因此更亮的
是未融的雪，是打湿的鞋子在闪。
五点钟我感觉累，而你的体内
是一群人在走，一些地图拼贴着
飞驰的眼睛。最后还是公共汽车
把我们带回高声部的所在，
我们的色彩在夜色下被抹匀，
均等的呼吸也不能填充
走过的足迹和谈话了。当夜晚
渗入皮肤如同雪意，
你厌倦了陈年的感冒并且
和我一样怀念新雪，

怀念旋转楼梯或者老宿舍楼。
这些时刻一齐明亮又暗下来，
世界快速地收拢，
我们道别，消失如另一片湖景。

王子瓜 »

青年诗人，文学博士。

阿拉丁，我遗失的棋子·10首

/ 王子瓜

入　图

——观“国家建筑师”团队在《我的世界》中复刻《清明上河图》有感。

客舍青青，柳色新于汉堡小铺子，
卖炭翁身着标致的红黄，
笑问，本店新品客官一试否？
岸边喧哗里挤出一位蜘蛛侠，
他丢了工作，转行转入游人的合影。
仍然骂骂咧咧，石壕像一场
大火的疤痕跟随他。入夜，
烤架上孜然调教着青鸟腿肉，
戏台唱梁祝，二胡凉如矿泉水，
小情人也像蝴蝶翩然曼舞在花店，
催熟的紫丁香已不识愁的滋味。
坐在桥下，在钓竿和蒲扇之间，
喜悦与失望像清澈的河
摆弄浮标和月影。固然我这边，
亭台无法起建在高架桥，雨水终日
下坠，而公寓楼没有飞檐和琉璃瓦，
能为它追忆弯曲之美。回到河岸，

我深知故乡并非逝去而是从未存在。
天灯有玻璃和熔岩的构造，
浮动在云杉画舫推开的窗格，
几枚闲棋子敲落汴京这流星，
五百元月租的服务器存储千秋梦。

写给一只草蛉的挽歌

曾是一枚卵，风铃般
悬挂在某片树叶的背面。
摇晃中你沉默的音乐
是否也招来过小灵魂？
我知道你有过一段
疯狂的日子，在棉叶或是
马铃薯叶宽大的草原上，
狮子般地漫游、猎杀，
多少蚜虫在噩梦里逃窜，
绝望于你可怕的颚和消化液。
你满足地卧下，编织，
然后躲进永冬般的茧中。
苏醒时一对舒展开的
巨大的脉翅，美丽，
透明，在蓝天下，
被你扇动，去经历生命
之中唯一一次交配。
最后神秘的休憩等待着你。
我困惑。初夏，凉意像是
夜的空虚里扑闪翅膀的天使。

这是公寓楼的第八层，
你种族的青藏高原。
那使你偏离终点之路
冒死至此的力量是什么？
别说是因为看见了
这纱窗前的灯光而前来朝圣……
灯下，我在阅读一位诗人
悼念英雄的哀歌，那些鲜花、
号角和巨钟，他葬身的
港口像另一件悲鸣的乐器。
不满于终结，修改了终结，
我看见一位伊卡洛斯从
落海的半空反身坠入日冕。
炽热的环绕中你重新校准了航线。

光草闲谈

像绿色的绸缎，一方面是
因为它美——早春，路旁紧缩着
脉管的樱花树，四周是饥饿的灰色，
风摸起来就像冰凉的石头。
而它铺在阳光下，无中生有一般
这新的、玩着露水的幼年。在
过去的一个早晨，
也有这样的绿色套上我的脖颈，
空气伏在一支进行曲硕大的调子下，
将新一轮尘土扬在围墙角落
兰花草细长的茎叶上。红旗在

我们中间，多像一朵高高伸起的鲜花。
但它不是我那种劣质的布料，这是
另一方面——因为它精心的剪裁，
平整的石径像是既好看
又藏住了几根线头的花边，
每年两次，割草机熨斗般烫过。
应该为它放上一个篮子、三四个好朋友，
谈论天气、新旧年；要有
一队棕蚂蚁来回搬运三明治细小的碎屑，
从草叶的缝隙，从那印着配料表、
生产日期的塑料褶皱里；
在远处熟练或是生涩、但都
那么清晰的吉他声中，一顶帐篷附近，
金发的留学生在日光浴，飞过的
鸟儿，都像是洁白的鸽子。
现在你再坐会儿吧，这长椅多么好，
它光亮的木头和铁，在上空未成形的
气旋的凝视下，草坪中心，
四桨无人机像过去的日子安稳得荒谬，
操纵它的新生已换了许多届。
吉他的旋律怎么样？我该回去了，
这些年我越来越厌烦，越来越浑浊的
涛声淹没了动人的音乐。
我听见上海滩镣铐般的堤坝
捶击着太平洋，我渴望像战火燎黑了
羽毛的鸽子，从云间捎来另一国度的消息。

黑猩猩先生

他长得像布什。从一座假山的尖顶
奔向另一座，冲浪一般地，
踩着晃漾、反光的铁链。这是
假期的第三天，傍晚五点，
退去的人潮露出几辆双人脚踏车
礁石般光洁的脊背。垃圾桶旁，
伶仃的空塑料瓶在倾诉，可草丛静静的。
迎宾象队每日走过的石路附近，
饲料混合着粪便的气味仍不散去。这是
最后几片园区，相机耗尽了电，
放回包中，腹内零食正消化。
难道不是吗？你和他们笑着。像布什。
在另一座假山的尖顶站稳，
同类们坐卧四处，睡眠、捉虱子，
他挥手，望着。尘埃像雪停落在
跑马场猎豹追逐过一簇羽毛的赛道上，
露天马戏厅圆形的孔洞下
云彩在痉挛，清洁工人等待着，
动物艺人留影处，几列付好了钱的
幸福家庭在排队。已经五点了。
望着。于是我们停下，回看他——
那么高，像一只乌鸫伏在树梢，
他用飞翔的姿态，在我们的
惊呼中纵身一跃。暮色令他的
毛发燃烧了一般，走到草地的中心，

挺胸，凝固在一个亮相或是
谢幕的姿势里。我们的喝彩使他满意了吗？
在一家购物中心餐厅的座椅上，在
地铁炫目的广告前，在微信新消息的
提示音和振动中，这样空旷的夜晚，
笔记本像一颗心灵亮着。谢谢
你们的掌声尽管我已厌倦了，
我索要喝彩因为不远处有一圈高压线，
我不能挣脱世界这五光十色的笼子。

礼　盒

——给小外甥

“你的车正在繁忙的生存中行驶。”

——郑敏

在餐厅你嘻嘻地笑，而他俩演讲似的
筹集着听众，为了分摊不如意的小日子。
冬天刮来舌头的封条，路上我们噤声
而你大叫。它们是什么模样？你忙着，
万达夜里一排点亮了折扣的发廊、奶茶、
服装店，你老朋友般，将难解的词
一一叫来。我错把你正招呼的这一个
当成你的曾祖父院中那棵老树上的“蝉”，
或“柿子”；另一个看起来更像是北斗
那珠玉间遁去了身形的“洞明”和“隐元”。
原来你与你的父母走在一条相反的路上，
你的词我努力去结识，可又始终徒劳。

你发问，在光华楼那座小毛驴的铜像前，
我的解释长久地停顿于开头的“唐代……”
这没什么意思，你的母亲说。然后是别处，
期末季落着雨的草坪多么干净，高大的
落地窗后面，教室制造着知识时代的雾。
她只为你既然知道 apple,ant and cat
却仍不知道什么是 A 而发愁。你不时地
央求出门去玩耍，而闲暇时她更愿意躺着，
在对新剧的等待中，落实于历史教科书里
一个横卧烟馆的黄种人；她还担心你更
擅长同女孩而不是男孩交朋友，你的天真
“有时过了头”，你的老师对她说；走在
寒冷的天气中，你伸出的小手像是火柴
纤细的光，四处地试探、触碰。你已成为
她半推半就的胆结石，一场婚姻，她口中
那个无情的“不爽”，你是她无可炫耀却
又赖以为生的工作，每天她将自己焊定为
仪器的脚手架，无休无止地扫描着条码。
甚至尚不存在的时候你就已是了：毁掉了
友谊的腮腺炎、镇中学日夜鞭打她的考卷、
每个冬天双手上如期归来的冻疮。哦，爽，
一坛遗失了封盖的烈酒，在岁月中耗散成
不餍的幻觉。她是我的表姐可如今她完了，
而每天我战栗着，履步在完了的深渊上。
有时我看见你站进队列，激动于那些被无限
拖延下去的承诺，你提起攥紧了的右手
凝滞在混沌初开的太阳穴，跟随话筒前
那个代表了你的影子，咒语般念起我宣誓……

每一代人都逃不过词的厄运吗？在射向
叛徒的檄文中捂住胸口、双膝瘫软。去接
谁的班呢，睫毛下晶莹的灵魂？是你责令
我长大，有个长辈的样子，爆竹声中捏出
几颗糖果，孤零零，在你的碗里打着转；
临别时俯看、向你叮嘱。而现在我放弃了，
你注定比我懂得得更早，人间没有什么舅舅
之类的；人间是一座孤儿院：我们诞生，
端着小碗前去领受，去满溢着苦的锅中盛舀。

利特诗人卡西瓦的手风琴

为《塞尔达传说：荒野之息》而作

……a red bird that seeks out his choir
Among the choirs of wind and wet and wing.

——*Wallace Stevens*

I

奇塔诺湾，这些礁石和浪花，
海鸥飞过像一声声轻叹，
追随着泡沫，诞生、消失。
仍有几处这样的地方，
世界边缘，小螃蟹对棘刺的
造型举棋不定，一株松树
求教青波雀如何驾驭风，
潜行草将花瓣的色彩借给苍穹。
生命依然可以美丽，可以
依托美妙的声韵嵌入你的诗篇，

在这些暂时被灾难遗忘的处所。

II

有时我长久地沉溺于某座
神庙的谜题，或者，在过多的
杀戮中感到自己的眉下
生出一双莱尼尔那样邪恶的眼睛，
或者为了一颗钻石，日夜攀缘，
不知餍足地寻觅速速蘑菇。
一个身影将把我领回，
从荒诞那深渊般的手掌中。
一道并非由颜色，而是
由音阶构成的彩虹，出现在天边。

III

练歌台上你教你的小儿女，
用的是同一把琴。它像你我，
像时光的酷刑偶尔也会明媚，
会习惯，阳光美好如同统计表，
习惯于商人嬉笑，推销一打木箭，
习惯于旅行者缓步林荫，
虫声阵阵，畜棚里马在咀嚼。
谢谢你们小合唱团。去修理
大鹫弓的半路，我遇见这一切。
人烂醉在城堡猩红的阴影下，
而汉语未有神射手，能英杰般
把灼热准星锁定在怪物漫游的平原。

IV

一种小把戏，可以将汉堡
从画纸中取出。那是过去。
前年十二月，虚拟的圣诞树
摆放在现实的客厅角落。这是
如今，你看，新技术的
野心并没有多大，相比于
我们的诗歌——液晶屏的这一边，
有一天，罪恶也将得到追溯
和清算。但现在，让我们从
最简单的事情开始：完美的
月亮，同肮脏的月亮之间，
那唯一的琴声。感受它。然后
是琴声中的羽毛、琴声中的星座……

V

然后是琴声中我们的工作。
每天我在工作台前点亮一盏灯，
拾捡着遗珠，仔细地
打磨那些往事，晦涩的谜，
一组数据，某个人的心灵、生活，
在琴声中它们重合于你的良师
每天收集、谱写和死去，让琴声
朝向尚未到来的听众兀自演奏，
让哈特尔海的风箱律动如同心脏，
让海礁那闪亮、颤抖着的簧片，
被诗篇中的泪水一遍遍打湿。

阿拉丁，我遗失的棋子

冬日，星期天。
早晨把下了一夜的雨
收进抽屉。云朵间有位熬了
一宿的工笔画师，他稍不留神，
你奥妙的宫殿便泄露了一角：
椒房金色的飞檐、灯笼穗子、太液池……

很难说哪里更可能是你的手艺，
云上那片长安，还是
这儿，上海？去年，
你搭火车去耶路撒冷，再转到摩洛哥，
来回花了我好几个梦。地板上，
梦的钢镚
　　　　滴溜溜，布施般撒落。

现在你又在哪里呢？用不着猜。
有时候我出门，骑上一辆叫作“哈啰”的彗星；
或者在会议桌上，捧着脑袋，
打一个蜃景婀娜的哈欠；
或者把垃圾分好了类，下楼，分别
扔进标有“开罗”和“华盛顿”的垃圾桶里；

这时，在宇宙的另一端你再次
端起那盏光泽奇异的油灯，
细细擦拭它身上的灰：

漫长的岁月，我一直在等待，
我就是那一次又一次
被你从虚空之中拯救出来的灯神。

云　路

In a cavern under is fettered the thunder …

—— *P. B. Shelley*

看云。洁白的虚线
意味着可以向天空变道，
但注意避让蜻蜓和白鹭。
它们也不是同行者。

第十年，路变得狭窄，
曾经的雄心肿胀，
充满浑浊的脓液。自由，
像柴米告罄，药箱中
知识的阿司匹林早已过期。

停靠在海边。
浩渺的义诊师，
一根银针，从光线中……
然后云朵消毒棉般拭过。
浪的洇痕分析着痛的结晶，
脏，在光阴下静静氧化，
伤口被冰蓝的风悉心包扎。

天空宽广，令人着迷。
心的舒展像一支旧歌
逸出车窗，消失于涛声
辽阔的伴奏。

这样我有了力气，可以
回到路的铁栅，继续忍耐。
云回到厨房的水阀，
清洗菜叶和碗筷的油污。
云积累着电荷，度过晴天。

“小猫钓鱼”船型音乐盒

“被潜水员的橡胶蹼手圣杯般捧起。”

——沃尔科特

夜里他们争吵，一枚火龙果
贴着眼镜片飞过，
果汁和果肉四溅在墙上，
像一场凶杀。
然后他们停下，困惑于
一阵熟悉的琴声。书架与
写字台之间的深渊，
炮弹击中了它——

它破碎，四处散落的
零件中有那么
一两件，是无形的。混杂于

生活的灰屑之中，
在地板的海床深处
火焰般地翻滚、熄灭。

他们不再说什么，
将它打捞上岸。台灯的
夏日、书的椰子树，
网页的海浪从耳机
小螃蟹的背上冲刷而过。

重新粘好它的甲板、
桅杆、旗帜、锚，
将它的发条旋转几圈。
汽笛声中他们擦拭
墙面，并感谢，
那一道道淋漓的血迹不是
红色而是粉色，像
一群火烈鸟，消失在海平线。

一起玩 Gorogoa 的晚上

> “端着一碗值得赞美的成熟的水果 / 进入死亡之门。”
>
> ——里尔克

I

那本书一会儿在你手里，
一会儿又翻在他手上。晚上七点，
算命的女人悻悻离开，走到

另一张种满了念头的桌前，
叩着门环，问道：有人吗？
堂屋飘来星巴克，宅子后面，
她望过去，一片道德结得多好。

主人不在家。事实上，
很快她就发现这里荒无人烟，
人们都到别处去了，轻快的车辙
四散在咖啡馆的地板上；而
我跟着你，像几只蛾子踉跄地
被远山熄了火的芯儿派回来，
来瞧瞧你怀里捂着的光，
你那盏捕捉了星斗的灯笼。

II

你举起它；然后你接住
街对面，医院的小花园丢来一只野果。
你走动，然后等待，一架漆绿了、
使铁轨舒展得那么生动的梯子。
困顿时自有一块磁铁，
搁在书房，为你扭转时针和天色。
哦，讲规矩的小人儿，你是否
也乐意给我的世界讲讲你的规矩？

我挪开目光。往来的车灯
认真擦洗玻璃上的一块泥斑，
另一面，西湖和断桥也被它擦净了，
雨中的城市梳洗了一番，

打算要迎接谁；而此时，
天空似乎正走过一位托钵的僧人，
他手中的铜铃猛地摇了一下，
震颤着我的屋子，也震颤了你的。

III

我知道一些方法。你看
现在我要把我的窗台
朝着你书柜上方的画框那里
对准了，吊车一般运行，接上，
然后跨过去；或者，从我
褪下的羽毛中拣出一根，
摆在日光前，叫它纤细的轴
去分享你那支笔用尽了墨水、
从桌上飘落下来的空虚。

我和你正穿行在一个嵌套的环中，
这些岁月我们做过学生、孤儿、
士兵、残疾者、书桌前
沉思的老头……是的，
那位僧人年轻时就已经详细地
描写过你今夜将如何梦见他；
十三世纪的太阳转得多慢，
我与你，我们一生都不会
走出他伏案的那间小小的缮写室。

徐晓 》

1992年生，山东高密人。现为首都师范大学文学院博士研究生。著有长篇小说《爱上你几乎就幸福了》《请你抱紧我》，诗集《幽居志》等。参加过《诗刊》社第35届青春诗会。曾获第二届人民文学诗歌奖、第十六届华文青年诗人奖等。

像卡西莫多一样活着·10首

/ 徐晓

幽居志

离群索居，闭门谢客——
我以篱笆作门，青藤为窗
管它黄鼠狼还是狐狸精
一律遥遥相望
闭门种花种草
春种蔷薇夏栽荷
秋赏野菊冬踏雪
一方小院，四季都有鸟鸣
风吹过来就让它吹
雨落下来就任凭它落
世间好山好水千千万
我有两耳，不闻那山外事
我有一心，只读这圣贤书
我还有那小野兔、长尾雀、小白羊
圆溜溜的滚了一地的紫葡萄

我坚硬的壳里包裹着柔软

那只悲伤的刺猬，是我

那株沉默的仙人掌，是我
我以利刺，赞美这虚无的生活
无人靠近，我便孤芳自赏

那只有着柔软嘴唇的刺猬，是我
那株有着湿润根须的仙人掌，是我
我的敌人是我自己，我的背
刺痛的是我的心
我坚硬的壳里面包裹着柔软

踪　迹

你遥远而陌生，像从未存在
你只出现过一次，就随山边惊雷
匆匆消失于天尽头
你又无处不在，是每个清晨
缓缓升腾起的薄雾，自由地穿梭于
我的门窗，钻入我的心房
你是转瞬即逝的焰火，是我以泪水
浇灌而成的百合，散发着咸涩的忧伤
你强大如神明，在这世间无所不能
你是潜伏在梦境中的密探
是我紧紧捂在怀里又滑落出去的大鱼
你是拂面而过的风，在我眉间
掀起一片巨浪。你是跌入池中
摇曳不定的明月，总在后半夜
以破碎的形状现形
无数个这样的时刻

我战栗着，伸出双手
我就那样无力而倔强地伸着
那不会开花的孤独的枝杈

明月高悬

我的过去是一小片海浪，浮在
空寂无人的海面上
明月就挂在天上。它一天天地高悬着
也一天天地静默着
明月啊，它从不为我翻涌的潮汐
投下赞美的词汇
也不为我赤裸在刀锋上的深情
洒下动容的眼泪
为此我是多么惶惑，不得不咽下
这疲软的渴念
像熄灭一座火山
明月啊，它只在夜色中寂寂地照着
照向你我
照向这大地
并不急于互相远离，也不急于纪念
这独一无二的瞬息
明月它从未把我记住
一如你将寂寞的双手，伸进我空荡的酒坛
这一切是多么徒劳
永不止息的明亮，不合时宜地
漫过我，在空寂无人的海面上

山外来信

一整个夏天，我都居住在
云雾缭绕的山上
鸟群如水波，周而复始地
荡漾在群山葱翠而严密的
怀抱中。我坐在凉亭下的木椅上
不时有一阵阵风
裹挟着不知名的花香
在我眼前飘荡
人间的烟火不复存在
只有无边的空旷，一次
又一次地席卷而来
每天我都在这儿，等待一个邮差
每天我都寄希望于某一只鸟
衔来你的消息
夜幕降临，万物并不眷恋于
长久的酣眠
星辰遍布天空，河水滔滔东流
我寄出的书信，至今尚无声息

像卡西莫多一样活着

一场无法选择的降生，我自打从娘胎里
就把未曾谋面的美，给了你
把正常的面容，基本的思想，完整的肉身
全部给了你

把父母给了你，成了孤儿
把自由给了你，成了傀儡
此刻，我活着，气喘吁吁
准备一点一点、一厘一厘地
把所剩无几的光阴、良善和爱，也给你

为配合教堂顶楼的大钟按时响起
我把听力和声音给你
留下一个什么也说不出的干渴喉咙
为呼应大军攻城城欲摧的狂风暴雨
我把蹒跚的脚步、佝偻的驼背也给你

把人群眼中没有的光亮
心脏缺失的跳动、血液里流走的血红
都给你
给你给你给你——

最后只留下一点力气，足够我爬得动
几米的路程
当我抱紧爱斯梅拉达，抱紧雷霆
我这把丑陋的老骨头，也一并
给你——

新　生

命运，我不再是被你精心选中待宰的羔羊
刀尖，我不再用带伤的舌尖舔你冰凉的锋芒

这一次恸哭之后，我将拔除体内坚硬的顽石
而爱是一项天赋，永不消逝
日复一日游动，如血液里的氧
对于未知深浅的河流，我不再以身试险
我的眼皮依旧豢养着两座大山
像两支旗帜飘摇的军队
久久地隔岸相望。我脚下的土地
是重新修葺的庭院。我初来乍到
这个新世界。我的心中不再飘落
雪花般沁凉的绝望。但秘密已被封存
几千个日夜，我尚不能解开它
积满灰尘的纽扣，愿它们在时间的废墟中
团结友好，安于秩序的规训
免于应付两片嘴唇了无生趣的日常问候
我静默于这终于到来的。一切变得清晰——
黎明前我将重新降生，带着过去残暴的记忆

冬日狂想曲

太多的激流暗中涌动。太多的记忆碎片
漫天纷飞。冬天张着干燥的大口
这缓慢又瞬息的挪移，划出纤细的光
一只落单的鸟茫然地飞过，留下一声哀泣
浮尘隐匿在欲望之唇上。更多事情
尚无显露半点端倪，唯有天空坦诚如一
我需要水——透明的水，无色的水
冲洗我内心豁开的裂口
我需要夜晚的节制与凝练。我受着

这世界遍布隐喻的伤。一切神秘而
不可言说，难以理解却不得不信服于它
我需要一些特别的时刻，恐惧和虚弱被压缩
渴念——对水的渴念包孕着巨大的狂喜
不再惊异于我时而高昂的头颅。悲剧被允许
我在你灼热而痛苦的灵魂上涂涂抹抹，而不被制止

我等待着你

我等待着你，像白纸等待着钢笔
像银两等待着盗贼，像被点燃的香烟
等待你的嘴。像一个盲目的人
紧闭双眼，即便前面已是路的尽头
即便我已来到正确的另一面
即便你我之间
是这般贫瘠，又是那样难以言喻的富饶
如同你被遮蔽的过往

我依旧等待着你，怀着痛苦的激情
为此我愿意横冲直撞
把人生推倒重建。我愿意跌进
幽深的夜色里，躺在一首还没落笔的诗中
以一张白纸的空白，等待你
一直深情，一直忍耐，在没有被揉皱之前

愿 景

我要持着火炬跃入翻涌的云层

我要把一生种植的浆果
抛向简陋的屋顶，它们火红如焰
无辜得像一条沉睡的河流
我要将暗夜里不眠的倦容
一一抚平
我要替你忍受明日的病痛
快乐对我不值一提
我要以闪电之躯
吞噬你铁一样的意志
我手中握有星光，肩上披挂彩霞
我要斟满你的酒杯
喂你喝下半条银河
我要攀上高山之巅，向你展示我的心跳
我要把勇气、天真和希望
通通献给未来
我愿吞下世间一切污秽与邪恶
来交换你沉默的一瞥
我愿你醉后回到梦中
重温幼时欢畅的早晨
而我将长久地歇息，除此再无愿望

童作焉 »

本名李金城，1995 年生，云南昆明人，现为复旦大学国际关系与公共事务学院 2019 级博士生。中国作家协会会员、上海市作家协会会员、中国诗歌学会会员。曾参加第三十五届青春诗会。曾获全球华语年度大学生诗人（2016）、第五届光华诗歌奖（2015）、第三十三届全国大学生樱花诗歌邀请赛一等奖（2016）、中华大学生研究生诗词大赛冠军（2019）、全球华语短诗大赛一等奖（2015）等。作品见于《诗刊》《星星诗刊》《中国诗歌》《诗歌风赏》《大家》《诗歌风尚》《萌芽》等。出版有诗集《失眠术》。入选第八届星星大学生诗歌夏令营，入选鲁迅文学院两岸青年作家文学营等；入选《诗刊》社“90 后诗人大展”、《天涯》“中国 90 后诗歌大展”等。

捕雾记·10首

／ 童作焉

观自在

“万物并作，吾以观复。”

1

暮色赶路，天边的光亮还在焦灼地探询。
飞鸟在空中匆匆写下遗书，便又去密谋
下一个时代的剧本。我看着微暗的天边，
想象走进一家影院。压扁的积雨云，
仿佛升起了巨大的帷幕。

好戏即将登场。提灯的人，点蜡烛的人，
发明电灯的人，迫不及待地往台上看去：
一个人，变成一群人。一群人，
剩下了正中的一把椅子。他们猜测着故事的走向，
他们心中无数张脸一闪而过。

在那积雨云做的幕布上，剧情和云一样诡谲。
秋夜的雨从窗前蹀躞而过，台下有人哭，
有人笑，有人嚷着回家吃饭。有人捧着爆米花
面无表情。放映机透出的锥状的光亮，

像在河道的淤泥里种下一双双眼睛。

2

月光随时可能成为雪，你也随时
可能成为一个时代的倒影。我闭着眼睛，
却也能看到梦里那个世间。那些真实的人
像时时隐迹周围。只有到了夜里，他们随潮水而来，
一半落在我的窗前，一半成为天上的星星。

每一天的场景都不相同，我像突然闯进
某块影院银幕的人，没有台词，找不到自己的喻体。
何处是吾乡？每条路都仿佛是归途，又仿佛
是歧路。我从自己的坟墓走向自己花了一整天，
再走回去，便用尽了一生。

只有我床边的风铃记得，前夜是谁，
穿过我梦里的长廊。那位造访的隐形人，
一页页撕下墙上的万年历，用彩色的铅笔，
把我掌心的纹路改得面目全非。他在我耳边低吼：
“这不是白色的马，这是鹿。”

3

历法被埋进土里，我举着电筒，
举着放大镜，对照着潦草的陌生人的日记，
辨认路上遇到的每一个人。
在银幕里，在大街上，在那稍纵即逝的梦里，
哪一个才是我想象中虚构的人。

镜子里的那个呢？那与我对峙的，
我从未见过的。你是真是假，为何
就站在我对面，用狡黠疑惑的眼神盯着我看？
你是马还是鹿，你是哪个造物主遗弃的玩物？
天又快黑了，你的体内还能埋葬多少人？

天亮后我将是谁？我闭着眼睛作画，
倒着看世界，想象每一个前生或来世。
睁开眼的时候，我看到镜中许多人的脸。
再往窗外看去，只剩下一个跛足的背影往远处走去：
他沐浴在隔代的月光下。那个又是我吗？

少年游

烛火逆光生长，燃烧的一群鱼游到天上。
落日沿着我鼻梁拾级而上，额头上的弦月，
凉了书卷里的山水。四月的风马牛在争吵，
黄昏打颤，仲春的故事抖落怀中。

夜色下沉。崭新的年代里我们衣着光鲜。
你在黑暗中读信，读“幽人贞吉”。
前面二十一年，你不断醒来，又老去。
身体里的风暴，跟随着时光一起枯萎。

怀疑镜子里变幻的脸色，怀疑火车能够达到的地方。
怀疑我们赖以为生的信仰，抵不过消瘦的橡皮。
是否在某刻，我们都曾穿越到回忆背面？
因此葬身之处须在悬棺，越过想象的顶点。

春日将远，我终无法抵达。从这里到明天，
还隔了流水，船票，挤不过去的山石草木。
往后的生活省略号翻滚，小的词语迸裂开来。
黑夜里失明的人，或在梦里打开电筒。

走马灯

——致 Y

一朵干枯的花，长在旧的日记里。某一页，
鱼从天空偷运云朵，你成为湖心的倒影。

那时你大概十七岁，也可能不是。
你发梢的雨带甜，折射出醉态的微光。

在返航的邮筒里，我开始预设一段爱情：
蝴蝶涌向悬崖，雾岚缩回山谷，而你停在我指尖。

你是我风景的盗贼，早于创世的神话。
月光打磨的两座孤岛，沉在你的眼角。

隔着失重的手心汗，街边的苹果象征了一场遇见，
在落日之前一起远去，在醒前写微醺的情书。

你掌灯。为我单薄的天色，为遥远的问候。
但是否深情熬不过黄昏，而思念生怕恰逢雨意？

这阵雨来自你体内的潮汐？你带来温情的物候，

尾随季节的凉，如何饮秋后的桃花茶？

从年久的明信片，从银幕上的电影，
从无数时间交织的网，我捕捉每一个毫不相干的你。

你渐渐长成雾。在镜子里，我看到那个爱你的人，
比想象中的我，更加真实。

独角戏

1
地铁外面的灯光不断闪烁，像跌落深海的鱼。
我穿过大半个城市，对照着地图度过余生。
灰白的天空长成生锈的渔网，广告牌在里面下沉。
街巷的腹部被剪开，流出秋天的红。

一条暗流穿过电影院，漂浮着冰凉的词语。
看到银幕亮起的白光，好像又回到了天亮。
我被迫成为主角，并按照剧本去往陌生城市。
这时候天色阴凉，煮白得像褪色的牛皮信封。

零星几句台词指引着我的生活，买票上车之后，
身体被长久地留在异乡。一只鸟学会飞行的时候就死了。
许多年前人类剪断肚脐，从树上跳下来。
翅膀在退化，尾巴消失，我们也死在历史里。

2
根据剧情设定，我今年二十岁。窗外

旧火车在奔跑。许多鱼在城外的河流里翻白。
葬礼密集的季节，麦子成熟又死亡。
高压电线延伸向外，大雪很快开始落下来。

一个清晨我被安排在街口，裹紧了衣服，
站在我的旧自行车旁边，假装读报纸。
包子铺的味道和市场的嘈杂缓慢地聚拢。
人来人往，拼命向我挤压，再把我推向一边。

冬天过后我患上了强迫症，多疑、偏执、故作神秘。
好像家里的门总是忘记锁，烧水也不记得断电。
每天睡前检查煤气灶、窗户、卫生间的马桶。
我迷上电视剧，并对别人的故事冷嘲热讽。

3

许多次噩梦之后我开始害怕睡着，反复紧张。
我从剧本的某一页忘记，分不清谁是我的导演。
在流满了白色的房间，一群人看着我，也偶尔窃窃私语。
我想到很多年以前我骑车去动物园，围着栏杆看猴子。

对着镜子我呆了半天，好像是想到什么事。大约是
很久忘记刮胡子了吧。但又是什么时候开始忘记的呢？
我想要查看一下我的日记，黑色的笔迹却终止在了去年。
哦，去年。去年我大概是去了一次电影院。

窗外装满了生死不明的人，贴紧地面。
我逆着光寻找座位，坐在他们中间瑟瑟发抖。
磨碎五颜六色的药片，洒进鲜艳的鱼缸。

我从未如此畅快地喝醉，并准备互道晚安。

捕雾记

“雾里江船渡，风前径竹斜。”

1

吃草的羊，走进雾中码头，
白色的意义被消解。你等待一座山坡，
或者一艘船，才能建构新的关联。

2

逼仄的斗室中，棉花制造机持续轰鸣着，
雾气从其中被源源不断地生产出来，
一场关于你的风暴，蓄谋已久。

3

在你藏身之处，破败的墙壁上
打满了石灰粉的补丁，缝隙之处雾气弥漫。
你展开洁白的礼服，消失其中。

4

一面镜子突兀地立在街道上。里面有
你的倒影吗？你吞吐雾气，
在镜像中构成新的歧义。

5

衰败的公园里，微弱的街灯舔破雾气。

你起身，像一场盛大的雪落幕。
今天的雨切割昨天的景。

6
雾中的早市准点开张。汹涌的人流
穿过你，分别赋予你
样貌、表情和口音。

7
雾成为水，然后你在其中溺水呼救。
你体内展开更多假设，比如游泳衣、
降落伞、太阳镜和冲锋衣。

8
于是虚构的手探入雾中。你抓起
语言的残骸，抛进空空如也中，
思想的风景便在其中发端。

9
你在雾中被反复阅读。你掌心的纹路隐去，
你的表情和神态被抹去，你的自我辨认
被凝视，被忘记，或被毁灭。

10
一场雾散去的时候，你被重新建构出来。
你从码头撑船而来，把一群羊赶上山坡，
成为天边一朵朵洁白的云。

猎梦记

“夜来风雨声，花落知多少。”

1

一如往日，我趴在夜的边缘，
按照梦中的设定参与演出，等待
黎明划过的曙光，温柔地掀起剧场的帷幕。

突然，马蹄声踏碎青瓦，白玉盘
在夜空中被打碎。一只猛虎闯入梦中，
逼问我，是梦非梦：

2

四月的野草疯长，猎人提着灯笼
走进旷野，映照出一片巨大的阴翳。
箭矢呼啸着，光亮在黑夜中划成一道流星。

一群狐狸轻快地掠过，我看出
其中一只是我。当我瞄准它眼睛的时候，
我将自己射向它。

3

我飞快地奔跑着，地平线紧贴着单薄的天色，
像切割生死的界限往远处延伸。
四周的野草如一场盛大的潮水降临。

就在昨天，我路过沾满露水的灌木，
品尝秋叶的甜。露水顺着叶子的脉络游动，
映射出那个我想象中的世界。

4
恰是因为空无一物，可以装进更多风景。
清晨的阳光刚抚过蓊郁的林木，每片叶子
落下的过程，我都能够精准地记忆。

我记得那个暴躁的猎人穿着靴子快速穿过，
一只小狐狸昨天还在这里逗留。而在这之前，
我梦到自己成为人类，从一场睡梦中刚刚醒来。

摘星记

“不敢高声语，恐惊天上人。”

1
迷路的鸦群晚归，在衰败的城市中
投下黄昏的倒影。心中的城墙高筑，
也在微弱的烛火里映出惨淡的灰色。

一天抄袭一天。日子像没有出口的
递归函数，周而复始地被平淡展开。
生活变得潦草，涂改显得敷衍凌乱。

汹涌的人群从地下的金属车厢闯出，
触发出一场关于焦虑和压力的潮水。

奋力去卷也无力，若是躺平又不安。

小时候的豪言壮语渐渐已不再想起，
内心的风景成为黑白，单调且枯燥。
注脚渐变得平庸，蒙上古老的灰尘。

2
无数个夜晚我怯懦而无助。思想的
芦苇被烧尽，梦中的蝴蝶再也不能
展开翅膀，命运的罗盘上空无一物。

畏惧热闹、害怕社交，不敢谈梦想。
命运的缝隙中，只剩下桀骜的孤独，
还可以撑起内心固执而骄傲的心气。

我看到在绵延的细雨中，一群工人
捡起零落的砖头，依从内心的秩序，
从容地建造，他们心中伟大的建筑。

必须用力去雕刻内心的碑铭，必须
将体内的烛火点燃，必须让蒙尘的
历代星辰，再重新照耀心中的梦想。

3
一场雨后，天空被洗刷得澄澈干净，
很多年未曾认真看过这样多的星辰，
像一颗颗镶嵌在儿时记忆中的梦想。

我举起鱼竿，将鱼线远远抛向天空，
也将无须有的焦虑和慌张抛向远方，
努力去垂钓那些丢失的壮志和激情。

夜晚里沙漏陷进去的地方，许多的
勇气和热情生长出来，生命的完整
拼图，在我的内心里逐渐变得完整。

我睁开眼，像撑开一把天空的雨伞。
许多的星辰挂在我的掌心，体内的
烛火，渐渐就能够照亮心中的原野。

返乡术

1

这座陌生的城市，像一只巨大的鸟笼。
这里的霓虹灯不能取暖，高楼像一把把锋利的刀刃。

一个流亡的异乡人，手里紧握着一把虚构的斧头。
在这片汹涌的深海里泅渡，一次次被巨浪冲回，又冲走。

川流不息的人群向我逆行而来，无数张面具成为我的脸。
许多诡异的笑容浮在周围，像天空撒下悲哀的鸦群。

怀着卑微的虚荣，我也无数次想成为一个游泳的好手。
想象着终于可以在这里，使用第一人称作为开头。

我把心中的马安顿于此，用当地的口音讨一杯水喝。

我熟练地穿过每一条街巷，大口呼吸着这座城市的味道。

我打碎一座孤岛，在地图上把各个地方连线，
再攥成一团，丢在城市的中心。

2

我看到一些候鸟往南飞，它们飞得再远，
每年都会循着记忆中的路线，回到故土。

无法返乡的人，还能看看月亮。
丢掉故乡的人，每个夜晚都只能失声痛哭。

我用尽毕生力量练习口音，抄袭大街上的一个个肖像。
我裁剪自己的身体，去适应陌生之地的新衣服。

像是一场梅雨搁在我们中间，我每一次的郑重其事，
都只会被淋湿，而我只能感觉到越来越冷。

溺水的人还想回到岸边，跛足的人想要换回以前的鞋子。
我只想被退回到出厂设置，回到我的乡音和故土。

但这时我只能虔诚地，把每天的月光都想象为故乡的月光。
它那么明亮而温和。它照耀着我，就像我刚出生的时候。

求生术

一张灰色肖像，在黑暗处大声喘息。

外面的风有些暴躁，倾圮的小镇摇摇晃晃。
我的手里握紧了晨昏线，想把时间停在死前的一秒。

一群纸糊的人排队站在大街上，等候一场暴雨。
灰色的人流推着我，将铁的锈蚀传染到我的身体。
我想要大声呐喊，却发现空空的胸腔发不出半点声响。

年月就像漫长的绿皮火车，你在某个站刷卡上车，
等到车票过期以后，又在某个站下车。
通往悬棺的电梯，永远不能中途离场。

候鸟从天边飞过，田里长出新苗。
一代又一代的年轻人修补古籍，
旧的历史成了玻璃片下泛黄的照片。

似曾相识的月光，照着陌生的故土
一场暴雨后，我隐姓埋名，
找个破败的村子，提前排队等候死亡。

隐身术

1
如果感到与这个世界格格不入，那不妨
画地为牢，或者跳进孙大圣的圆圈。
戴上面具，穿上最新款的隐形衣。
安静地坐在闹市里，成为看不见的风景。

2

胶片里缺席的人，走失在汹涌的人群里：
必须小心翼翼地数着步子，必须在开口前默数一二三，
必须在该开心的时候打开笑容，在应当表示悲伤的时候酝酿眼泪，
表情有千百般变化，必须得熟练地、恰到好处地使用。

3

空心人，在镜中看不到自己：
一条铁轨铺在其中，运送每日份的生存指南。
感到越充实、越合群的时候，内心愈加空荡。
像一座战败的城市，像长满蛛丝的宫殿。

4

如果真的人生如戏，那会简单很多：
只用熟悉场景，背诵台词，牢记住
规定的动作和表情。每天练习剧本，
就可把人生的分毫都拿捏得恰到好处。

5

而真实的生活里，快速变化的环境，
让你永远无法安于现状，不确定性又让每天充满惊恐和担忧。
你永远不知道新闻里的台风什么时候会来，
但走了以后，很快就变得像从未发生。

6

台风会一次次侵蚀你的躯壳。你的日记和剧本，
也泛黄，变旧，变得陌生而虚幻。
谁能够确信自己活过，谁能确信记忆为真，
谁能确信每一天的你都是同一个你？

7

暴雨过后，我成为一条鱼，短暂的记忆
没有往事，没有剧本和规定的动作。
甚至没有声音告诉我该往哪游。
我只管自由自在，像是隐身于水。

左手 »

本名王华，1991 年生于湖南武冈，重庆文学院第五届创作员，重庆大学博士，湖南师范大学博士后，兼事诗歌批评与翻译，在《诗刊》《星星》《诗歌月刊》《草堂》等期刊发表组诗，获《诗刊》社十大校园诗人、樱花诗歌奖等，著有诗集《林间巨兽》。

捡废料的人 · 8首

/ 左手

水边的毛桃树

我从未完整收获那棵长在水边的毛桃树
结出的果实。许多年来
河渠得到的毛桃总比我多
那些水里游动的小幽灵，淹死的鸟
逆行的蛇类，接纳的夏天比我更完整
密集。我站在树下，必须承认一棵树的命运
承认一棵树存在于水边的意义
它的身下，一半是永不翻身的大地
另一半是奔赴远方的河流
这个夏天，就像从前所有的夏天
我依旧举起长竹竿敲打桃枝
许多遗失的事物跌入故乡的容器。

小花园

我的少年时光大多在小花园
牵牛，凤仙，葱兰，黄菊，鸢尾，四季果
我如此深爱——从一开始播种，移植
到什么样的蚯蚓探出黑洞

什么样的阳光保留草木的习惯

我可以整日在此，就着虫鸣
随性伸展手臂，不同于蝴蝶的蹁跹
也区别壁虎彻夜的深情
我可能永远也回不去这片屋后谷地
那时我并不知道
这些清淡的日子都曾是诗

圆　镜

悬于堂屋门框上的圆镜，照着进出神龛的
祖先，也照着过路的佛陀。
它抽出冷冽的光，鞭打不怀好意的兽
混迹人群的妖。多年后
老屋坍塌，被护佑的家具暴露于涟涟雨水
被放逐的亲人散落各自的异乡
剩下这块圆镜，躺在断砖碎瓦间
体内布满深渊与谷地
它仍然仰面照着来历不明的天空
照着那副被子孙们抬入堂屋的
椿木棺椁：祖母从镜中慢慢走了出去。

捡废料的人

这是我少年时期的战争，时值正午
工厂生产车间那辆运送残渣的大斗车
准时将那些尖锐的金属与矿渣

倾倒而出。村民就蜂拥而上
分割其中的部分，纷乱的争吵声中
孩子们不断尖叫，发出他们惊喜
而单调的元音，满脸灰尘的村妇
不断扒着余热未尽的工厂废料
对于一个家庭，如果运气好
他们一个下午，能从中捡出一条鱼、两斤白糖
或者半袋磷肥。他们能，一只手
举起危险的大块矿渣，有人会因此流血
有人失去一根手指，陷入气管炎与尘肺病
你会看到他缩进生活的括号，疼痛时
他会像一块未完成的矿石，拒绝出炉

青木瓜

福建海边的小村，青木瓜悬挂在
浓密的爪状树叶下，酝酿糖分。
这羞涩的乳房，九月缄默的水
一个陌生人慢慢走近，看了它们许久。

整个下午，我徘徊在这条砂土路上
木瓜树沿着石块垒砌的矮墙静默站立。
矮墙身后，那些尚未开发的海岸滩涂
卷起的浊浪，在铺垫一场内陆暴雨。

亲爱的小孩
我是没有伞的异乡客，站在木瓜树下。
我的头顶，雨还没有完全降落

青蓝色的积雨云还没有完全成熟。

阳光盛开的日子

阳光盛开的日子，做一个晴朗的人
我的小狗，喘着粗气，奔走在幽深的树林
它总是抬起左腿，沿路留下自己的气味

阳光盛开的日子，做一个忠于气味
与记忆的人：我也曾独自深入迷宫般美妙的山城
我也曾有过面对万千道路却无法找到归途的忧伤

寄居蟹

我捉住一只寄居蟹
在缀满贝壳的礁石里
它小得如此可怜
身体蜷缩入一枚小小的海螺壳
我盯着它看
两种事物结合得如此恰到好处
正如海洋寄居天空
爱情寄居婚姻
青春寄居啤酒
我寄居于人类体内一样
上帝一旦捉住人类
就等于拥有我的一切

闭幕词

是的，看官，没什么您可以带走的
剧院就要打烊，津津乐道的故事已经有了结局
各位看官，请走好、吃好、住好、活好
将您的位置留下，明天这里又将人满为患
陌生人将住在您今天的坟墓中被同一幕悲剧戳中笑点

天生的好演员极多，天生的剧作家极少
如此，剧院惨淡经营
工业时代的年轻人欢喜电影、颁奖晚会
没人在街头吟诵诗歌，没人在剧院演绎人权
看官，您走吧，走吧，灯光黯淡

道具与台词开始撤下舞台，指挥家点燃一支香烟
解散小提琴家、钢琴家、木琴家、竖琴家
漂亮的孔雀羽毛插在长颈青花瓶中开始四处寻找孔雀
芭蕾舞裙睡熟了，如一只只臭烘烘的天鹅
演员们卸下面具开始煮咖啡，在后台
国王爱上公主，王子爱上王后，我爱上她

看官，最后提醒，您走之前请小心那些倒挂的水晶灯盏
它们正从密集的光线中抽发嫩芽
它们是生长在天花板上的黑夜
它们是黑夜向下探伸的树根
最后，一切即将被照亮，包括影子本身

陈航 》

1997年生，海南澄迈人，海南省作家协会会员，有作品见于《诗刊》《星星》《飞天》《中国诗歌》《诗歌月刊》《扬子江诗刊》等刊物，曾获第六届徐志摩诗歌奖、第十二届未名诗歌奖、第三十六届樱花诗歌奖、第七届重唱诗歌奖等。

演绎法 · 10 首

/ 陈航

与己书

你不要买卖
人间的物件，将自己
作为抵押物。这偶尔钻出的白发
已经证明交易的实时性
你的夜晚，败光了
灯火的影子。缥缈的鸟鸣
是其星空的仁慈
你想将灯火赎回，但孤独的枝条
已经长满整个屋子
人越长大，丢失的事物越多
满天的繁星
都是你触碰过的花朵

山水中隐藏的惯性

透明的风，习惯在窗外
凝滞于雨的痕迹。我往外看
水滴里的山水，模糊不清
正因如此，我把它当作了故乡里的山水

故乡里的面容。在山水里
总藏有些惯性。比如，上山的道路
延伸到了我所在的铁轨下
比如，小镇的水，此刻在窗外流淌
我开始慢慢地对一些事物停止了想象
但一听雨跌落的声响和车的鸣声
我就成了山水中惯性的一种

演绎法

看到湖水，便看到了平静
如一面镜子，没有波澜
看到平静，便想到了此前的那场雨
黄昏吞吐水雾，越出无数匹野兽
带着锋利的锯齿，厮杀这片湖
想到那场雨，便想到了乌云
囤积着多年生活的疾苦
在某一天，突然爆发
想到乌云，便想到了消失的太阳
不知退居于何处，难以找寻
想到了消失的太阳
便想到了躺在病床上的祖母
长期受贫苦和疾病的折磨
她的一生，下的是洪水，不是雨

镜中书

面对自己的皱纹，从江河开始诉说

水浪拍打岸边，涉及暮春里暗下的火堆
我偶尔食江，吞饮垂老的天空
行走是江河沉默的暗语
波纹在我脸上行走，脚印有深有浅
接着诉说森木。茂盛主要取决于土壤、阳光
一个朦胧的黄昏加上贫瘠之地
导致叶子枯黄、凋零
刚好落入我的褶皱，继而有枯黄的影子
在镜中清晰可见。当我合上这本书
月光也降临了。我知道，它落在这本书上
迟早也会落在我的脸中

喜鹊长在乔木上

我所看到的优美，是嫁接在
乔木上的月光，拱起锋利的脊骨
发出鸣叫，让人逐渐淡忘掉
周遭沉默事物里，忧伤的晦暗
长久地凝望，还可以捕捉到
其白天在旷野或者田间
觅食的欢愉，而在匆忙的生活里
我也因这短暂的停歇而感到羞耻
我的薪水，还很低迷
还未能脱去廉价的衣服
清晨的汽车，驶进狭窄的小巷
流动的人群，有拥挤的辛苦
他们各自忙碌，对黎明视而不见
我来到公司，这里没有人关心

窗外的晨光及远山青色的缭绕
他们担忧粮食、蔬菜的价格
关心每一天烟火变动的姿态
是的，他们更加不可能关心月亮
不去了解月光，也没有人知道
可爱的喜鹊，长在高高的乔木上

礼　物

你松开影院的昏暗，一些霓虹
涌向你。你将获取几片夜色中的热闹
或者获取城市里，人群忧郁的争吵
嗯，庞德，你眼睛里的潮汐
充满汽车的喘息。漫游者步行于此
生活显得更加活泼：
你在巨幕里醒来，台下掌声如雷
你将触碰到停歇的马的波浪
你将惊起鸬鹚，大海填满
各行各业的鱼群。一些人失恋
一些人背井离乡，长出西风的模样
还有人哭着吞下爆米花
嗯，庞德，影院外的那么多月光
没有一丝属于你，而院内
霓虹里种植掌声，你在台上
你将获取局促的事物里那沉重的静止

低　空

肥硕的身体容纳星系，弯月倒挂
雨的持续，加强水面的涟漪
波动着，涉及无声的长夜
被海浪覆盖，呈递海水的尖锐

云层长于此。水雾弥漫在
陌生事物的周围，调控缺陷的笛鸣
是绝对安全的指引？你用一场雨
绷紧周遭的神经，星辰上岸

浅滩还有单薄的月光溢出
浸湿脚底，涨潮的凉意，倾轧
一座岛屿的脆弱。没过草木
没过安逸的百花丛

困住节奏的迟缓，波浪再生产
你爬上航船，鱼群穿过通明的灯火
炸裂的热闹，无限透析着星空
弯月充盈，如我此刻也惊涛骇浪

曲线学

脱离直尺的栅栏，鸬鹚
飞入海洋的图纸。这曲线的形成
是沿途，捕捉鱼群的笔法：

往下冲击，风为最大的阻力
这刚强的盾牌，不必去直接撞击
绘制曲线，漂亮地避开所有物
从一张纸，模拟我所经历的
从上面的每个偏离曲线的点
找到遗忘的风暴
——从出生到现在
借助曲线，我多次轻易捕捉到鱼群
但也慢慢地陷入了
风平浪静的弊端：
雨突然变大，船杆的磨损
使自己陷于风暴当中，摇摇晃晃
绘制曲线，也绘制曲线的周围
熟悉每一个点，像船长
把握风暴的变向，让鸣笛的大小
填平在海洋与陆地之间
纸上的每个凹凸点

你不必惊讶于云的间隙

你不必惊讶于云的间隙
落日的语言，以及夜的呻吟
你不必将自己藏入风中
紧闭双唇，避开所有交谈者

树的黄昏轶事，随根进入暮年
如此多残叶，如此多轻盈的枯影
在水中漂流，从悬崖跌落

你就此掌握水性，眼睛湿红

鱼群成为你身体的一部分
每次穿梭，润湿的夜晚谈论桃花
谈论凋零的片刻。你选择饮酒
熄灭所有的慌张之灯

夜晚是个容器，盛满了孤独的刺
你不看她，她就不会理睬你

晨光的方向

曙光沐浴于潮汐中，你赶海
识读重叠的水浪和海洋的深浅

成为鱼，是必要的
成为江河，成为海洋命里的胡须

你划拉生锈的笛鸣，让昏睡的天空
印刻在水面的凹凸中

重叠是：万物醒来，相互交融
你不断闪耀，谈论尘世的灯

深浅是：你所能抵达的地方
总留有飘浮不定的孤寂

你学会栖息于零散的时光里

反复在水镜中，扣下风雨的模样

你将生活的景象，交给冬天的霜露
由这片海，缓慢吐出

曹僧 »

1993 年生于江西樟树，先后就学于复旦大学哲学学院、中文系，现为文学博士生在读。曾获三月三诗歌奖“年度新人奖”(2019)、上海市民诗歌节“新锐诗人奖”(2018)、香港“青年文学奖”(2016)、北大“未名诗歌奖”(2013)、复旦“光华诗歌奖”(2013)等奖项，参加“2019 年清华大学青年作家工作坊”。出版有诗集《群山鲸游》(2017)。大学期间曾创办复旦诗歌图书馆并任首任馆长，现正策划并主编独立青年诗丛“Ÿ诗丛”。

赛车游戏里的女孩·10首

/ 曹僧

县 道

去野外，去被万物注目
而又无证据的地方。
阴沉而明净，古旧又新马路。
青草透露土生木的五行黄，
该如何称呼江浦？
来自海的开阔的漫延，
来自叠连如滚鳝的潮的网罟。
树，仰望抬高人和道路，
神的高大家具的一种，
摆脱经验之林的术。
榆钱千万钹，绿色葬礼
只有用骨听的人才允邀入。
分不清岸是咸，是淡。
骑车去袁花镇，去花的沿途，
受难于未预料的未来之爱。

后花园

浑身掉叶子的人不再颤抖。

每片叶子上都有一台歌剧，
歌剧上有极光。

回归到气中去，
棍棒无法抽打的气。

打草稿的是兰，
结成团伙的是闲鱼。
菱草彻底瘫软在水分子间，
还有迎春花，
甚至广玉兰的躯干。

茭白，一种病瘤在感染。
蟒嵌于假山。

像乌鸫飞翔那样
移步换景？不，
因景致的难度。

我所见的已被无数次见过。
唯有我是新鲜的，
是蜜语的，童话的，
是鬼门关的。

赛车游戏里的女孩

那天在沙漠嘉年华，
我开着福特要去比赛。

所有人都在尖叫，
好像疯了，
她也不例外。

在护栏外，
她站在角落里，
时而看看眼前的地面，
时而跳起来欢呼。

车子熄火了，
所以我停下来，
多看了她一会儿。

她有点美，
看不清眼睛，
有点让人难以捉摸。
我按了按喇叭，
她没有听见。

我收手趴在方向盘上，
索性不动了。
她在看什么呢？
我猜了很久。

切换不同的视角
来看她。
她的头顶没有名字，
和从前碰到过的

所有陌生人一样。

都是安排好了的：
出现在我面前，
然后等待被遗失，
在宽广的系统里。

我加大油门，
开车撞向护栏。
就在她眼前的护栏
溅起好看的火花。

但，没有丝毫的损坏。
我一遍接一遍地撞，
希望这些重复的动作
能引起她的注意。

忆登华山

山上再山，风且味
撩心的幻景。

东峰人在翘首，
原形山在碧露的夜。

只余起伏，只余暗影，
下沉取消了岩石。

悬崖因历史而拥挤，
因拥挤而值一攀。

万般等的焦心，尽
失足于不可见的标记。

停泊的是胜静，
视界中的蓝色时间。

谁会带来日新的布告？
凉人躲入单薄的语衣。

痛　快

快，太快了。
快过了幽浮，快过了
顺流而下的猪。
快得比先富还快，
比蛇皮袋还快。
快线快撤着快意，
快手快马加鞭。
脑门伸到快门，心刀
就快钝了。唯快
不破更快，所以快有
总是快传于慢无。
快垒起于胸，快子
快忘了快人快语。
很快哉风吹拂，往日

快乐园，游鱼酷爱。

邯郸路

末世的数码城，妖风鼓动
巨幅广告布。不，不像这里。
黄绿蓝的单车刷新了街景，
局促、杂乱，死了的门店的魂
随意附身着如流水的行人。
让他们，参悟话术中的话头：
看楼不是楼，是降临的异物，
插在这个地球，这不断的
陌生化。但同样是晚高峰憋着
路口的高潮和兴奋，十年，
只需要一转身，就能出现在
另一个路口。十年，未成年的
工人走出东莞，作坊的流水线
冲刷他，只需要一辆电动车，
就能一直快速逆行，骑向系统
幽深的彼岸。十年，对立的
越来越多，两只用于站定的脚
甚至有些不够，而下一次
失衡中又是谁跌倒？鲜花立起，
霓虹灯闪烁，新生的乌云说，
雨滴也要欣赏黑夜的新生。

张江高科

新区风光自有科学的冷峻。
从一名科学家散步到另一名，
已然过了几个百年，几片大洋。
路网编织的单元，亮着彩色的标识，
却分清了彼此在夜色中的上下游：
精密气体厂、芯片代工厂、封装厂，
此刻，在最新的事物上，笼罩着
最古老的黑暗和风声。铁栅栏
包围着厂区，也被蒸汽管道环绕；
一点点余光来自街灯，削出厂房
光滑的立方。充满能量的黑盒，
在猜测中彻夜运转。陈旧的是我们
的巨物崇拜，在几根白炽灯管下，
满足于金属的之字形悬空楼梯。
事实上，关于这一切我们所知不多，
每一片晶圆已是一座神秘博物馆。
只有恢宏墙面上突兀的小小高台，
像跳台般邀请我们、我们的时代，
加入激情的一跃。而在纳米空间上
思维的二进制，像精确的艺术，
陪我们走向生鲜超市、盒马牌史诗。

沙　漠

该如何开眼？走进

神的内心的一日。
万物的攀谈消磨为颗粒，
咒语冲迎藏匿凤凰。
只有巨象载重山踏震，
只有坚冰普种无限蓝田。
谁能起死，能绝意？
手绘圆中圆，走穿
随身铺涌的壮图。
神的自我慰藉的一日，
浸熄金乌火红的尾陆，
太息而复吐精魂化形万亿。
该如何聆听？暗中的
闪着黑温的野先驱。

米　林

你寻找的慰藉取决于你缺氧的临界
你临街的抒情败给你没看过的猪的散步
抬头撞山，尴尬于撞衫
冰雪的峰尖，突兀的对白
凉是凉些，但携有薄荷般的口爽
人往乌有处走，将小县城抛下像小镇
小振枝丫惊动空山，你说的鸟
众所周知不大于你所没看见的鸟
亮不出名片的树比其他更新鲜
所以反复出现，披挂苔藓
直到老人须上缘烂柯发觉上当受骗
走了这么远，原不过走回了江南？

你崩溃的闪念重拾你散布的阴云
你氤氲的嘴脸倒映你生气勃勃的小溪
活泼泼地，是何来的逝者剥夺你围观
它的工地，它向雅鲁藏布的开辟

在灰坑前

柏木像一根探针读取着风的唱片
透明的缱绻中有一种颤动如鱼的渴
传染着嫩梢，毛线头般密叠的鳞叶
还有，一种芳香幽幽地沉落
使轻悄像一条耸着鼻子的狗贴地小跑
在人的高度上，树干保持着距离伫立
所有残忍之物也这样，仰望着
久久地就像俯瞰——天空深不见底
云的咏叹中阵阵鲸歌翻跃
而骑士携领扈从走上心的泛黄玉阶
令它滑动如琴键，弹奏在必要的休止前：
当闪着黑光的乌鸦翩然、耀亮
亡灵的期会上草铃铛轻晃将空白句读

张勇敢 》

本名张浩，1994 年生于福建宁化，客家人，著有诗集《森木》，现供职于厦门大学。

词的短篇陈述·10 首

/ 张勇敢

初秋，或末班车

露珠拧着藤。城市腹部
最后一场大型演出即将落幕

我贴着角落，试图
从演员行列脱身，变成观众

是否这样，就不会有
悲欢的真切苦痛？

一个人坐末班车
我偏爱这个季节的小小情绪

偏爱幻想，以及在夜色中
满眼疲惫却依然相爱的人们

Summer's Day

我的双眼蒙眬，已分不清
你发间这片雪花的年代

我的手臂不再健硕
无法再次将你全部拥入怀中

我的身体臃肿，双脚木讷
钢琴乐代替了踢踏舞

亲爱的，黄昏日落时
除了爱你，我这一生别无成就

总梦见那个夏天，泛舟湖上
洁白的鸟群穿过我们

纷纷飞回了
它们出发的地方

雷暴蓝色三级预警

急诊医学、内科疾病、睡眠医学，它们无比健康地
睡在白色书柜上。氨咖黄敏口服液、连花清瘟颗粒、罗红霉素片
它们列队、报数，口号响亮，有序进入我的身体

而急诊室外，风暴不满足于人类口腔，在海平面卷着

夜晚慌忙走过他略带低温的额头
天空不知何时掀开了锅盖

军粮城一号

去美术馆看展，我偏爱雕塑
（比如偏爱军粮城一号：
一匹饿死的白马[1]
伫立在此，我如临大敌
死亡清晰地逼近，扼住喉咙）
我相信那些真实的躯体
早已藏在泥土里
在命运的美术馆，我们静候
如同一堆初始的稀泥，无人雕刻
却也在岁月的打磨中慢慢有了
自己的模样

词的短篇陈述

词，在定义中后退。你拒绝词
未曾谋面之物，在词以外，彼此陌生
它们内在有相互抗衡的特质

你写，词在语言中得以暂时克制
当声音穿透纸质笼子
词便如猛兽，冲进富有想象力的脑袋

词沉默地陈述：

---

[1] 军粮城一号：雕塑作品的名字，作者刘佩建。

这多么可笑，造词之神打开门
顺手把自己关在了门外

乐团小提琴手下班以后

她放下小提琴
端起锅碗瓢盆

她放下巴赫的《恰空舞曲》
抱起孩子的哭声

放下众人的目光
演奏厅和鲜花

捡起中年的婚姻
商品房和厨余垃圾

她放下白天的沉默
与酗酒的丈夫争吵

那些躲在演出服下的淤青
颜色还很新鲜

再后来
争吵声逐渐消失

两具疲倦的肉身，暂停了
与彼此的对抗

生活将他们
紧紧堆在一起

夜色如墨，浸透了
整间屋子

在许尚远的花园散步

吃完饭，天色还早的话
我们会去散散步

落日会很温柔，会依次回收
人间积攒了一天的疲惫

我们会散步到许尚远的花园
很多花会将我们轻轻抱住

在被人类命名之前
它们从不关心自己的身份和品格

微风中，挨得近的花相互致意
不必知晓彼此的姓名

失　眠

去年夏天，我们常去的烧烤店
此时已是一片废墟

我们分享过的爱
正被推倒、拆卸、铲平

我们歌颂的黑夜
陷入另一场黑夜的茫茫无边

曾经酒后胡言
都成为现实——

“生活给过我们什么
我们终将悉数奉还”

雨后，塔吊伸长铁臂
搬运雾气

我们是那一团雾气中
最先散开的部分

隧道警报器

——兼致扎加耶夫斯基

在世界诗歌日，扎加耶夫斯基
与世长辞。隔天，我在网上
搜索他的相片，一张彩色晚年照
打开修图软件，选中黑白滤镜
一下子，他试图赞美的残缺世界
陷入无声之境

这让我想起去年冬日归家途中
大巴驶入上坪格隧道
周遭的世界也瞬间暗淡
我们濒临死亡，试图穿越时空
却在恍惚间，隧道报警器
传来的刺耳声响将我们拉回

我相信，在一个诗人
漫长的生命旅途中
诗歌就是他的隧道报警器
每当他对生活怀有片刻迟疑
就会立刻响起，就会
长久地将他刺痛

夜过演武大桥

更准确地说，是演武大桥
正从我身上疾驰而过

一座桥该有的生活，它已享尽
千万只车轮洪流般涌动
千万次与鼓浪屿彻夜长谈

有时我嫉妒一座桥的丰盈
更多时候，我也像一座桥一样
沉默地认领着所有的经过

赵琳 》

1995 年生于甘肃陇南，暂居北京。“甘肃诗歌八骏”之一，鲁迅文学院青年作家班学员。有作品在《人民文学》《诗刊》《中国作家》《星星》《北京文学》等刊物发表，作品入选多种年度选本。

火车经过德令哈·10首

/ 赵琳

火车经过德令哈

有一刻，我想伸手摸一把沿途的风
星空落在沿线村庄，我和邻座大叔
聊到了拉萨，他从未远离青海大地
没有去过布达拉宫
他说起家乡海西，你不知道
牛羊出栏时，草地上就飘着白云
你不知道它们眼中装满星星

在去西藏的火车上
那些漂亮的云彩就像他豢养的羊群
放牧在夜空，最亮的太阳如同一块
古老的打火石，正划亮火车进洞的黑暗
他下车时，捏着一张病历单
对我语重心长地说，今晚的星空真美
值得任何人怀念——真的值得

克拉玛依来信

雨天，我收到朋友

从克拉玛依小镇寄来的石头
一块猩红色的石头，尖尖的不规则
光滑的表面磨损严重
像沉淀的沙丘

我又和他聊到乌鸦
只会在冬天出现，略带晦气的黑精灵
巢穴建在树顶，日落日出中
它们扑腾着翅膀飞过
矮矮的草原，在高耸地方
一定看到云雪

年前在高原，他告诉我
太阳之子的乌鸦，是灾难的一面镜子
在命运中
需要带块磨难的石头
洗涤掉厄运的事物
或者日暮之际，赞美更久远的两个人

宰羊图

从阿里的岩石山下来，我知道
在阿里，有两种不同的羊
一种生活在阿里草地，很容易找到
这些吃草的羊，它们依偎在一起
啃草，晒太阳
这种羊是幸运的，旁边守护着牧民和牧羊犬
秃鹫和狼不敢接近

岩石里的羊就不一样，是草原最孤独的羊
天生在石头里，黄灰色的皮肤
和凸凹不平的岩石融合
它空有矫捷的身手，也不会尝试
在河边饮水，在草地奔跑
两把镰刀般的羊角，分别替大地
挂着太阳和月亮

我在牧区，看到牧民正宰杀了两只羊
草地上来自雅鲁藏布江的石锅里
正煮着一只羊，它四条健硕的腿骨
在汤里翻滚，多像上午那只
在岩石里的羊倾尽力气，用四肢
挣扎出石壁，带着残缺的半个身躯
孤零零地站在我面前

火柴人

现在，我们躺在盒子里
这样多好，百年之前
隔着千山万水，还不能相爱
这时，我们躺在盒子里
和兄弟姐妹躺在一起取暖慰藉
我脆弱，听不得红磷摩擦的声音
我羞怯，说不出一个值得纪念的语言
我渺小，有人故意折断
有人随手丢弃，不敢埋怨世间的种种因果

现在，我们躺在盒子里
这是最后一晚，亲密的一晚
黑夜无声的深渊中，星光不足以
使我们完整地看见来时的模样
灌木丛丛，草色青青
我们正在乡下到工厂的路上
学会了站立，爬行，跪着，拥抱
我们不会有这么安静的时间
来相互说说心里话，明天
只会做一件事，我挨着你
完成一种最后的伤害——爱的火焰

第三次听琴

第三次听到琴声
让我不由想到，夜宿西海镇
星火点燃草原，词语披着
瘦弱的狼皮
在关口遥望着

有人在隔壁毡房，用口琴演奏牧羊曲
仿佛白天奔跑的马匹
一夜之间，吃完汹涌的青草

而第二次涌入生活的光亮
是移居小镇后，隔壁的琴声
像一只鹰

在雪山间飞过

有那么几次，听着惊险处
我担心，鹰坠落
在平静的草原
那些布满色彩的想象
因为风，突然退出夜晚

这是我第三次听到琴声
也可能是最后一次
安静得，让我不由想起她的年少

多余的时刻

多余的时刻，宁愿学寡言补鞋匠
把一双穿烂不愿扔的鞋子反复修补
傍晚，能听到铁锤敲打铁钉
人群挤着人群……所有嘶哑的腔调
潜伏在寂荡的村庄

多余的时刻，我无法推测
停落电线的麻雀，它目光触及的天空
到底有多大？雨后
这片天空清澈无底，看不穿的境域
私藏了太多不可数量的时间

像此刻，紧贴大地卑微讨要生活的人
没有什么比沉默更好：落日如此巨大……

还能听见寺庙传来的钟声
看见温暖的余晖洒满屋子，西北干旱少雨
每一粒灰尘都充满慈祥

在碧口雨中，答友人书

谈论这里
不过是王姑娘和白姑娘
坐在一块石头上

我看到晚霞洗礼小镇
雨中消失的伞
带回两个陌生人

两个陌生人，坐在屋檐下
捋着胡子看见
另外一对青年人下车撑伞
在雨中擦拭脸颊

——他们的烂漫偿还了岁月的一部分

生活课

那天晚上，我陪父亲喝酒
黑陶罐装满咸菜，火塘腊肉风干
妹妹睡在院子躺椅
她换牙的年纪
石榴开花，表姐出嫁

父亲要去新疆，你会看到
那里盛产干果和葡萄
向日葵在原野摇摆，棉花即将采摘
白昼漫长，良宵渐少
黑夜里，很难有这样安静的时刻
让他木讷的口吻
讨论家庭琐碎，亲戚故旧
这些轻声细语，教会我
在未来的日子里
让我像他那样接近生活的本色

石头村

我喜欢多生石头的村庄
更多时候，暮色从周围聚集
草木生动，蝈蝈鸣叫

卧在半山腰的村庄此时显得笨拙迟钝
村里很多石头成精，它们耐心消耗时间
村东的石磨，多年来不再轻易转动
村北的石狮，蹲在泥土路旁比村民长寿
村西的石屋，那是一座关牛马的圈房
村北住着一个叫石狗子的老人

他正赶着一群羊从二郎山的斜坡小路上下来
黑色的羊，白色的羊
被大地晒得发黄的羊
沾了泥土的羊，一只口嚼青草的羊羔

——一群背负月光的羊
走下了山坡，进了石圈

我们辨别相似的命运

我们晒着正午阳光，立春后
还有寒意在北方大地逗留
你去的地方，盛产葡萄和美酒
有醉人的雪山和空旷的原野
火车经过春天，村庄在雨雾中醒来
鸟雀屏蔽森林动静
香椿树迷人的香，弥漫在院子
我们聊着热爱和沮丧的生活
你说受够了南方潮冷的空气
那是第一次远行，机械流水线上的手
组装手机、电脑、电动玩具……
甚至组装公路奔跑的汽车
那些油漆色、钢铁味的零部件
像打进身体的骨钉，天阴时隐隐作痛
二十二岁第一次失恋，海岸线
起伏悲伤，低垂的海鸥
带你回到家乡，带你穿过
蓄满星辰的墓地
墓地躺着我们的祖辈
他们土豆般的命运，都在泥土里
秋天到来，硕果累累
北方的苹果，让你
想起爱情的火花转瞬即逝

于是，我们不再聊陈旧的事物
厨房里，母亲炖着地窖的萝卜
屋里挂满辣椒、高粱、大蒜……
它们都有故乡，它们在最亲近的地方
等你回来。林间一定堆满落叶
松林燃烧油脂，河流梳理山脉
冬雪准时来了
童年还在柿子树下红扑扑地长大
青春还在城市渐渐消失
今晚，夜幕降临头顶
我们坐在空荡荡的山冈，空有乡村隐秘的记忆
多年后，谁会说起薄唇间浓重的方言
谁会怀念雷雨和闪电移居人间的黄昏
我们点燃微亮的天空
在时速的光轮中，有相似的命运

姜巫 »

1997年生，甘肃临夏人，毕业于武汉大学。作品见于《诗刊》《十月》《扬子江》《草堂》《延河》《广西文学》等。

纪念·7首

/ 姜巫

手

夜里翻身，摸到一只手，
一刹那的异样，
仿佛从黑暗里伸来，
遂感到是自己的，放下心来，
遂又想起地下的呼救。

战　争

战争离我们太远了，
远得就像一位老人回忆起
童年清晨的驴粪味和扑向冬天的白气。
他思索着自己被套轭的一生，
额头上越来越深刻的荣誉
和消逝的主人的幻觉。
但他当年也是那么兴奋，
期待着决定遥远的人的生死，
仿佛那些子弹和炸弹
只是嘴里说出来的词。

召　唤

多年来，你一直感受到一种召唤：
“回乡村去吧，回到庄廓和田野里去。”
默温或者雅姆也这样说。
那些贫穷、快乐、闪光的日子，
与冬麦、苜蓿和小山羊一起生长的日子，
即使有时你也曾厌倦得想逃离。
但已经回不去了，尽管它们都没变。
偶尔它会在梦中以亲人的面孔出现，
用充满期待但克制的眼神恳求。

沉　默

有时，你沉默着，向内倒去，
像一个神秘而幽深的涮坑，
在通往山巅的沙土路上，或在森林边。
“振作点！”有人提醒道，
同时投下期待之巨石。当然了，
大家都渴望回声，哪怕是你
钻石般的黑色身体的反光。

蜗牛的墓园

中午在楼下花台旁抽烟，
看到数十只蜗牛壳静静地插在腐殖里，
仿佛在生长。

从壳的大小可以看出，
这基本上是一群晚年的蜗牛，
像晚年的大象，笨重，苍老，
暮气沉沉地走向象冢。
但它们死得毫无声息，
没有人参加葬礼，没有人道歉，
没有人，天地同悲。

苹果园

这是一张荒凉的苹果园的照片
摔烂的、好的苹果
铺满地面，仿佛落叶
你甚至能闻到它们发酵的香味
想象那嗡鸣的细腰的马蜂
但没有脚印走向更深处
园子的主人无可奈何
园子则想到了自身的寂静

熟睡的你，是夜晚

熟睡的你，是夜晚
你的面孔像月光下的山壁
呼吸如小鹿般轻而短促
我被不可见的光芒包围
仿佛轻舐掌心的幼崽